KB180926

체홉 명작 단편선

체홉 명작 단편선

1판 1쇄 발행_2020년 2월 28일
1판 2쇄 발행_2022년 9월 20일

지은이_안똔 체홉
옮긴이_백준현
펴낸이_홍정표
펴낸곳_작가와비평
등록_제2018-000059호
이메일_edit@gcbook.co.kr

공급처_(주)글로벌콘텐츠출판그룹
대표_홍정표 이사_김미미
편집_임세원 강민욱 백승민 권군오 문방희 기획·마케팅_이종훈 홍민지
주소_서울특별시 강동구 풍성로 87-6
전화_02) 488-3280 팩스_02) 488-3281
홈페이지_http://www.gcbook.co.kr

값 12,800원
ISBN 979-11-5592-243-9 03890

※ 본 연구는 2018년도 상명대학교 교내연구비를 지원받아 수행하였습니다.

Антон Павлович Чехов

체홉 명작 단편선

백준현 옮김

작가와비평

❙ 일러두기

1. 러시아어 자음의 한글 표기는 원어발음을 최대한 충실히 전달하기 위해 к, т, п 자음이 된소리(ㄲ, ㄸ, ㅃ)로 발음되는 경우와 연자음화, 무성음화되는 경우에는 이를 모두 반영하여 표기하였음.

2. 이 번역서의 모든 설명 각주는 번역자가 작성한 것임.

3. 원작에서의 단락이 상당히 길고 내용이 다소 난해한 경우에는, 독자들의 독서 편의와 이해도 증진을 위해 단락의 흐름을 저해하지 않는 한도 내에서 해당 단락을 다시 몇 개의 소 단락으로 나누어 번역한 곳이 간혹 있음. 러시아어 원작과 대조하면서 읽으실 독자들은 이 점을 고려해주시기 바람.

4. 이 번역서의 원전으로는 모스크바의 ≪Художественная литература≫ 출판사가 발행한 체홉 선집(총 12권)을 사용하였음. (А.П. Чехов. Собрание сочинений в 12 тт. Москва: Художественная литература, 1960~1964)

목차

어느 관리의 죽음

어느 멋진 저녁에 그에 못지않게 멋진 회계 사무관 이반 드미뜨리치 체르뱌꼬프는 객석 1층 맨 앞쪽으로부터 두 번째 줄에 앉아서 오페라글라스를 끼고 「코르네비유의 종(鐘)」[1]을 관람하고 있었다. 공연을 관람하면서 그는 더할 나위 없는 행복감을 느꼈다. 그런데 갑자기…. 소설에서는 이 '그런데 갑자기'라는 표현을 자주 보게 되는데, 작가들이 틀린 것은 아니다. 삶은 이처럼 예기치 못한 일들로 가득 차 있으니까 말이다! 그런데 갑자기 그가 얼굴을 찡그리고 눈을 좌우

1) 프랑스의 작곡가 로베르 플랑케트(Jean Robert Planquette, 1848~1903)가 1877년에 작곡한 코믹 오페레타.

로 굴리더니 숨을 멈추었다…. 그는 오페라글라스에서 눈을 떼고 몸을 숙인 후에…. "엣취!!!" 보다시피 재채기를 했다. 그 누구도, 어디서도 재채기를 막을 수는 없다. 농부들도, 경찰서장도, 심지어 3등관 나리들도 가끔은 재채기를 한다. 누구나 재채기를 한다. 체르뱌꼬프는 전혀 당황하지 않고 손수건으로 얼굴을 닦은 후에 예절 바른 사람답게 혹시 재채기 때문에 누군가에게 폐를 끼친 건 아닌지 주위를 둘러보았다. 그런데 바로 그때 당혹스러운 일이 생기고야 말았다. 그의 앞인 첫 번째 줄에 앉아 있던 노인이 자신의 대머리와 목을 장갑으로 열심히 닦으며 뭔가 중얼거리는 것이 보였기 때문이다. 체르뱌꼬프는 그 노인이 교통부에서 근무하는 4등관이자 참사관인 브리좔로프임을 알아보았다.

'내가 이 분에게 침을 튀겼구나!'

체르뱌꼬프는 생각했다.

'내 부서가 아니라 다른 곳의 책임자이지만 어쨌든 곤란한 상황이 되었어. 사과를 해야겠군.'

체르뱌꼬프는 헛기침을 한 번 하고 앞으로 몸을 숙

인 후 노인의 귀에 대고 속삭였다.

"각하, 죄송합니다, 제가 침을 튀겼습니다…. 제가 실수로…."

"괜찮습니다, 괜찮아요…."

"정말 죄송합니다. 사실 제가… 그러려던 것은 정말 아니었습니다!"

"아, 그냥 앉아 있으세요! 공연 좀 듣자고요!"

당황한 체르뱌꼬프는 바보 같이 미소를 짓고 다시 무대를 바라보기 시작했다. 하지만 보기는 해도 행복감은 더 이상 느껴지지 않았다. 불안감이 그를 괴롭히기 시작했던 것이다. 그는 중간 휴식 시간에 브리잘로프에게 다가간 후 주위에서 서성거리다가 용기를 내어 중얼중얼 몇 마디를 했다.

"제가 침을 튀겼습니다, 각하…. 용서하십시오…. 저는 정말… 그러려던 게 아니었는데…."

"아이고, 이제 그만 하시오…. 나는 벌써 잊어버렸는데 당신은 아직도 그 얘기구먼!"

참사관은 이렇게 말하며 아랫입술을 짜증스럽게 움찔거렸다.

'잊어버렸다고 말은 하지만 눈에는 앙심이 담겨 있잖아.'

체르뱌꼬프는 이런 생각을 하며 의심스러운 눈길로 연신 참사관을 흘깃거렸다.

'나랑 말도 안 하려고 하잖아. 나는 전혀 그럴 의도가 없었으며 재채기는 자연의 섭리라고 설명을 해야 할 텐데. 안 그러면 내가 일부러 침을 튀겼다고 생각할 거야. 지금은 그렇지 않더라도 나중엔 그렇게 생각할 게 분명해!'

체르뱌꼬프는 집에 돌아온 후 아내에게 자신이 예의를 지키지 못한 상황에 대해 얘기했다. 아내는 이 사건을 너무 가볍게 생각하는 것 같았다. 놀라긴 했지만 브리좔로프가 다른 부서 사람이라는 것을 알고는 안심하는 모습을 보였기 때문이다. 아내가 말했다.

"어쨌든 한 번 찾아가서 사과를 해 봐. 안 그러면 당신이 사람들 있는 데서 어떻게 행동해야 하는지 모르는 사람이라고 생각할 수도 있잖아!"

"그래, 바로 그거야! 사과를 했는데도 그 분은 왠지 이상하게 반응하더라고…. 제대로 된 대답을 전혀 안

하더라니까. 사실 얘기를 나눌 시간이 없기도 했지만.”

다음 날 체르뱌꼬프는 새 관복을 차려입고 이발을 한 다음에 해명을 하러 브리좔로프에게 갔다…. 참사관의 접견실로 들어가니 많은 청원자들이 보였는데, 그들 사이에서 참사관은 이미 청원 접견을 시작한 상태였다. 몇몇 청원자들과 얘기를 나눈 뒤 참사관은 눈을 들어 체르뱌꼬프를 쳐다보았다.

“각하, 혹시 기억하실지 모르겠지만, 어제 〈아르까지야〉 극장에서,”

회계 사무관은 보고하듯 말하기 시작했다.

“제가 재채기를 했습죠… 그래서 본의 아니게 각하께 침을 튀겼습니다…. 죄송합….”

“그런 쓸데없는 걸 가지고… 대체 왜 이러는지 모르겠소! 다음 분은 무슨 일 때문에 오셨소?”

참사관은 다음 청원자를 향해 말했다.

‘말하기도 싫어하는군!’

체르뱌꼬프는 이렇게 생각하며 얼굴이 창백해졌다.

‘화가 났다는 뜻이야…. 아니야, 이렇게 끝내서는 안 되겠어…. 해명을 해야 돼….’

참사관이 마지막 청원자와 대화를 끝낸 후 안쪽 집무실로 향했을 때 체르뱌꼬프는 그를 쫓아가서 중얼거리며 말하기 시작했다.

"각하! 제가 감히 각하께 이토록 외람되게 폐를 끼치러 온 이유는, 말하자면, 다름 아닌 참회의 심정 때문입니다! 어제 일은 제 본의가 아니었음을 알아주십시오!"

참사관은 울상을 짓고는 손을 한 번 휙 내저었다.

"아니, 이봐요 선생, 이건 정말 날 조롱하자는 거군요!"

참사관은 이렇게 말하며 문을 닫아버렸다.

'대체 이게 왜 조롱이라는 거지?'

체르뱌꼬프는 생각했다.

'내 말에 조롱기는 전혀 없었잖아! 참사관이라면서 이 정도 말뜻도 이해 못하나! 그렇다면 나도 저 거만한 인간한테는 절대로 더 이상 면전에서 사과하지 않겠어! 자기 마음대로 생각하라고 해! 편지를 쓰겠어. 하지만 찾아가지는 않을 거야! 맹세코 찾아가지 않겠다고!'

체르뱌꼬프는 이런 생각을 하며 집으로 돌아왔다.

하지만 편지는 쓰지 못했다. 생각에 또 생각을 거듭해 보아도 어떻게 써야할지 도무지 떠오르지 않았던 것이다. 그는 다음 날 참사관에게 다시 찾아갈 수밖에 없었다.

"각하, 저는 어제 와서 폐를 끼친 그 사람입니다만,"

참사관이 눈을 들어 의아한 눈길로 쳐다보자 그는 중얼거리며 말하기 시작했다.

"어제 찾아온 건 각하께서 말씀하신 것처럼 조롱하려는 뜻에서 온 것이 아닙니다. 재채기를 해서 각하께 침을 튄 데 대해 사과드리려던 것이었지… 조롱하려는 생각은 추호도 없었습죠. 어떻게 제가 감히 각하를 조롱하려 들겠습니까? 만약에 저희 같은 자들이 조롱을 한다면, 그건 그러니까, 상대에 대한 존경심이… 전혀 없을 때나 가능한…."

"꺼져!"

얼굴이 새파래진 참사관이 몸을 부르르 떨며 버럭 소리를 질렀다.

"뭐라-굽쇼?"

공포로 몸이 굳어버린 체르뱌꼬프가 기어드는 목

소리로 물었다.

"꺼지라고!"

참사관이 발을 구르며 다시 소리쳤다.

체르뱌꼬프의 배 속에서 뭔가가 뚝 끊어져나갔다. 아무 것도 보이지 않고 아무 것도 들리지 않는 상태에서 문 쪽으로 뒷걸음질을 친 그는 거리로 나와 간신히 걸음을 옮겼다. 기계적으로 집에 도착한 그는 제복도 벗지 않은 채 소파에 누웠다. 그리고… 죽었다.

고독한 그리움[1)]

누구에게 나의 슬픔을 말해야 하나…?[2)]

저녁의 황혼이 내려앉고 있다. 이제 막 불을 밝힌 가로등 주위에서 습기를 머금은 커다란 눈송이들이 뱅글거리며 느릿느릿 날아다니고 있다. 지붕 위에도, 어깨와 모자 위에도, 말 등 위에도 눈이 얇고 부드럽게

---

1) 이 작품의 러시아어 원제목인 '따스까(Тоска)'는 '슬픔이나 그리움과 관련되는 강한 정신적 침울 상태'를 의미한다. 따라서 한자어로는 우수(憂愁), 비애(悲哀) 등으로 번역할 수도 있겠으나, 작품의 정서와 내용을 좀 더 분명하게 전달하는 차원에서 '고독한 그리움'으로 번역하였음을 알린다.

2) 러시아 정교와 관련하여 대략 15세기부터 순례자들이 러시아 전역을 방랑하며 성경 속 주제들과 관련된 시를 짓고 거기에 가락을 붙여 노래하던 민속 전통이 있었는데, 이를 '영적인 시가(詩歌)'라고 칭했다. 위의 시구는 체홉이 이러한 시가들 중의 하나인 「요셉의 울음과 옛날의 이야기」의 첫 행을 이 작품의 정서를 미리 말해주는 에피그라프로 붙인 것이다. 네 번째 행까지 조금 더 소개한다. 〈누구에게 나의 슬픔을 말해야 하나? 누구를 불러서 함께 흐느껴야 하나? 나의 주님이시여, 오직 당신만이 나의 슬픔을 아시겠죠.〉

쌓인다. 마부 요나 뽀따뽀프는 유령처럼 온통 새하얗다. 그는 살아 있는 신체로 할 수 있는 최대한도로 몸을 굽힌 채 마부석에 꼼짝도 않고 앉아 있다. 눈덩이가 통째로 그의 몸 위에 떨어진다 해도, 그는 그것을 털어버릴 필요조차 못 느낄 것 같다…. 새하얗게 된 그의 말 역시 꼼짝하지 않고 있다. 막대기처럼 곧게 뻗은 다리에 각진 몸통을 전혀 움직이지 않고 있는 말의 모습은 말 모양의 싸구려 설탕 과자와 아주 흡사해 보인다. 말은 아마도 생각에 깊이 잠겨있는 듯하다. 쟁기에서 풀려난 후 낯익은 회색빛 풍경에서 벗어나 괴물과 같은 불빛, 끊임없는 소음, 그리고 부산스럽게 다니는 사람들로 가득 찬 이 혼란스러운 곳에 던져졌으니 어느 말인들 생각에 잠기지 않을 수 있으랴….

요나와 그의 말은 이미 오래 전부터 그 자리에서 움직이지 않고 있다. 점심 전에 숙소에서 나왔지만 아직까지 한 명의 손님도 태우지 못했다. 그런데 지금은 저녁의 어둠이 도시에 내려앉고 있다. 희미했던 가로등 불빛이 점차 더 선명하게 보이고 북적거리는 거리는 더욱 소란스러워지고 있다.

"마부, 비보르그스까야[3] 구역!"

누군가의 목소리가 들린다.

"이봐, 마부!"

요나는 몸을 움찔하더니 눈이 달라붙은 속눈썹 사이로 앞을 본다. 두건이 달린 외투를 입은 군인이 서 있다.

"비보르그스까야로 가자고!"

군인이 다시 말한다.

"뭐야, 졸고 있는 건가? 비보르그스까야로 가자니까!"

알겠다는 뜻으로 요나가 고삐를 잡아당기자 말 등과 그의 어깨 위에 쌓였던 눈이 쏟아져 내린다…. 군인이 마차에 썰매 좌석에 올라탄다. 마부는 백조처럼 목을 길게 빼고 몸을 약간 세우면서 "쯔-쯔" 소리를 내어 말에게 신호를 준 다음에, 필요해서라기보다는 그냥 습관적으로 채찍을 휘두른다. 말 역시 목을 빼고 막대기 같은 다리를 굽힌 다음 내키지 않는 듯 움직이

3) 쌍트-뻬쩨르부르그의 네바 강 우편에 인접한 유서 깊은 구역.

기 시작한다….

"이 망할 놈아, 어디로 들이대는 거야! 젠장, 어디로 가는 거냐니까? 오른쪽으로 꺾어!"

마차가 출발하자마자 거무스름한 무리의 사람들이 앞뒤로 움직이며 고함을 지르는 소리가 들려온다.

군인도 화를 낸다.

"자네, 마차 모는 방법도 모르나보군! 오른쪽으로 틀어!"

사륜마차를 몰고 가던 한 마부가 욕을 퍼붓는다. 뛰어서 길을 건너던 한 행인은 말의 주둥이에 어깨를 부딪치고는 소매에서 눈을 털어내며 표독스럽게 노려본다. 요나는 마치 바늘방석에 앉은 것처럼 마부석에서 안절부절 못하다가 양 팔꿈치를 옆구리에 바짝 붙이고는 정신 나간 사람처럼 두리번거린다. 마치 여기가 어디고 자신이 왜 여기 있는지도 모르겠다는 표정이다.

"몽땅 다 비열한 놈들이야!"

군인이 익살스럽게 비아냥거린다.

"일부러 마차 아니면 말에 부딪힐 기회를 노렸던

게 분명해. 미리 작당한 거지."

요나가 손님을 뒤돌아보며 입술을 살짝 움직인다…. 뭔가 말하고 싶은 눈치지만 목구멍에선 목쉰 씩씩 소리 밖에 나오지 않는다.

"뭐라고?"

군인이 묻는다.

입을 비틀며 히죽 웃은 요나가 목구멍에 힘을 준 후에 쉰 목소리로 말한다.

"저 말입니다, 나리…, 제… 아들이 이번 주에 죽었답니다."

"으흠…! 대체 왜 죽었지?"

"그걸 어찌 알겠습니까! 아마 열병 때문인 것 같습니다. 사흘 동안 병원에 누워 있다가 죽었습죠…. 하나님의 뜻이지요."

어둠 속에서 목소리가 터져 나온다.

"마차를 돌려, 이 망할 놈아! 이 늙은 개 같은 놈아, 뭐야, 미친 거야? 눈은 뒀다 뭐 해!"

손님이 말한다.

"어서 가게, 어서 가…. 이러다가는 내일이 돼도 도

착 못하겠어. 좀 서둘러 봐!"

마부는 다시 목을 빼며 몸을 약간 세운 다음 무겁고도 우아한 동작으로 채찍을 휘두른다. 그 후 그는 손님을 몇 번 뒤돌아보지만 손님은 눈을 감은 채 더 듣고 싶지 않은 눈치다.

비보르그스까야 구역에 그를 내려준 다음에, 마부는 선술집 근처에 마차를 세운 후 마부석에 몸을 웅크리고는 다시 꼼짝도 하지 않는다…. 축축한 눈이 그와 말을 또다시 하얗게 채색한다. 한 시간이 흐르고, 또 한 시간이 흐른다….

미끄러지지 않도록 끼워 신은 고무 덧신을 시끄럽게 덜그럭거리고 서로 욕설을 주고받으며 세 명의 젊은이들이 인도 위를 지나간다. 그들 중 둘은 키가 크고 날씬하며, 다른 하나는 키가 작은 곱사등이이다.

"마부, 뽈리쩨이스끼이 다리로 가세! 세 사람에 20꼬뻬이까 주지!"

곱사등이가 카랑카랑한 목소리로 외친다.

요나가 말고삐를 잡아당기며 쩝쩝거린다. 20꼬뻬이까로는 가격이 맞지 않지만 그는 가격에 신경 쓸 마음 상태가 아니다…. 1루블이건 5꼬뻬이까이건 지금 그에겐 마찬가지다. 손님만 있으면 된다…. 젊은이들은 서로 밀치고 상스러운 소리를 하며 마차의 썰매로 다가온다. 셋은 한꺼번에 썰매에 타려하다가 결정해야 할 문제를 따지기 시작한다. 셋 중 누구 두 명이 앉고 누가 서서 갈 것이냐는 문제다. 오랫동안 서로 욕설을 하고 떼를 쓰며 비난을 주고받은 후 곱사등이가 제일 작으니까 서서 가는 것으로 해결을 본다.

"자, 가자고!"

자리를 잡고 선 곱사등이가 요나의 뒤통수에 대고 숨을 내쉬며 카랑카랑한 목소리로 외친다.

"채찍질 세게 해! 아니, 이봐 영감, 이 모자는 대체 뭔가! 뻬쩨르부르그를 다 뒤져봐도 이보다 더 형편없는 건 못 찾겠구먼…."

"흐흐… 흐흐…. 형편없긴 하죠…."

요나도 껄껄거리며 대답한다.

"어이고, 알긴 아는군, 어서 말이나 몰아! 이런 식으로 끝까지 갈 거야? 응? 목덜미에 한 대 맞고 싶어?"

"머리가 깨지는 것 같아…. 어제 두끄마소프네 집에

서 바시까랑 둘이서 꼬냑을 네 병이나 마셨거든"

키가 큰 자들 중 하나가 말한다. 그러자 키가 큰 다른 하나가 화를 내며 받아친다.

"왜 그딴 거짓말을 하는지 모르겠네! 완전 개소리구먼."

"거짓말이라면 천벌을 받겠다. 정말이라고…!"

"그게 정말이라면 벌레가 기침한다는 말도 정말이겠다."

"흐흐! 재미있는 분들이군요!"

요나가 히죽 웃으며 말한다.

곱사등이가 벌컥 짜증을 내며 말한다.

"젠장, 더럽게 꾸물거리는구먼! 이봐, 비실비실한 영감, 지금 이게 가고 있는 거야, 뭐야? 마차를 이렇게 몰기도 하나? 채찍질을 좀 해봐! 이런 빌어먹을! 세게 때리라고!"

요나는 자신의 등 뒤에서 곱사등이가 목소리를 떨며 몸을 부들대는 것을 느낀다. 쏟아지는 욕설을 듣고 사람들을 보고 있으려니 고독한 감정이 조금씩 가슴에서 사라지기 시작한다. 곱사등이는 계속 거들먹거리며 욕을 퍼붓다가 나중에는 스스로 숨이 막혀 쿨룩 쿨룩 기침까지 한다. 키가 큰 자들은 나제쥐다 삐뜨로브나라는 어떤 여자에 대해 얘기하기 시작한다. 요나는 흘끗거리며 그들 쪽을 뒤돌아본다. 그들의 대화가 잠시 끊어진 틈을 타 그는 다시 뒤를 돌아보며 중얼거리듯 말을 한다.

"저기… 이번 주에 내… 아들 녀석이 죽었소!"

"누구나 다 죽게 되어 있어…."

기침이 멈추자 곱사등이가 입술을 닦아내고 숨을 내쉰 후에 말한다.

"자, 어서 몰아, 빨리 좀 몰아보라고! 이보게들, 난 이런 식으론 절대 더 갈 수 없어! 이러다가 언제 도착하겠냐고?"

"그럼 좀 기운을 내도록 해줘…. 영감 목덜미를 한 대 때려주라고!"

"이 비실비실한 영감아, 들리지? 목덜미를 갈겨주면 되겠군! 점잖게 대해주려니까 아예 걸어가시겠다는 거군! 안 들려, 즈메이 고르늬치[4]? 아니면 우리가 하는 말을 싹 무시하는 거야?"

곱사등이가 뒷덜미를 때리자 요나는 통증보다는 오히려 그 소리가 더 강하게 느껴진다. 그가 웃으며 말한다.

"호호, 재미있는 분들이군요…. 부디 건강하시길!"

"이보게, 마부, 결혼은 했나?"

키가 큰 자가 묻는다.

"나 말입니까? 호호… 재미있는 분들이군요! 지금 내 유일한 아내는 축축한 땅입죠…. 히히 호호… 무덤이란 말입니다…! 아들은 죽어서 묻혀있는데 난 이렇게 살아있네요…. 참 이상한 일이죠, 죽음이 문을 잘못 열었으니 말입니다…. 나한테 왔어야 했는데 아들한테 간 거죠…."

그러고 나서 요나는 아들이 어떻게 죽었는지 얘기해주려고 몸을 돌린다. 하지만 그때 곱사등이가 가볍게 한숨을 내쉬며 다행히 이제 결국 다 왔다고 알린

---

4) 즈메이 고르늬치(Змей Горыныч) - 슬라브 족과 러시아의 신화나 민담에 등장하는 괴물로서, 날개 셋 달린 커다란 뱀의 모습을 하고 있다. 대개 사악하고도 강력한 힘을 상징하기에, 여기서 곱사등이는 자신을 화나게 만드는 요나의 힘없는 모습을 비꼬아 반어법적으로 이 표현을 사용하고 있다.

다. 20꼬뻬이까를 받은 후 요나는 어떤 건물의 어두운 입구로 사라져가는 건달들의 뒷모습을 오랫동안 바라본다. 그는 다시 혼자가 되었고, 또다시 정적이 그를 덮친다…. 잠시 잦아들었던 슬픈 그리움이 다시 살아나 더 큰 힘으로 그의 가슴에 밀어닥친다. 요나는 '이렇게 많은 사람들 속에서 내 말에 귀기울여줄 사람이 한 명도 없을까?'라고 생각하며, 거리 양쪽으로 바삐 오가는 사람들을 향해 초조하고도 고통스러운 눈길을 이리저리 던진다. 하지만 사람들은 그도, 그의 슬픔도 눈치 채지 못한 채 바삐 지나다니고 있다…. 그의 슬픔은 끝을 알 수 없을 정도로 거대하다. 만일 요나의 가슴이 터져 그 안의 슬픔이 쏟아져 나온다면 아마 온 세상이 그 슬픔에 잠기고 말리라. 하지만 그 슬픔은 눈에 보이지 않는다. 그 슬픔은 아주 하잘것없는 껍질 속에 숨어들어 자리 잡았기에, 대낮에 불빛까지 밝히더라도 그것을 볼 수는 없을 것이다.

요나는 작은 부대 자루를 들고 있는 문지기를 발견하고는 그에게 말을 걸어보기로 마음먹는다.

"이보게, 지금 몇 시나 됐나?"

"아홉 시가 넘었는데…. 근데 왜 여기다 마차를 댔어? 어서 가라고!"

요나는 그곳을 떠나 조금 가다가 몸을 구부리고는 슬픔에 빠진다…. 사람들에게 말을 걸어보는 건 이미 소용없을 거라고 생각한다. 5분도 채 지나기 전에 그는 몸을 곧게 편 후 마치 심한 두통이라도 느낀 듯 머리를 흔들고는 말고삐를 잡아당긴다…. 더는 견딜 수가 없다.

'숙소로 가야겠다…. 숙소로 가야겠어!'

그는 생각한다.

그러자 말 역시 그의 생각을 알아차리기라도 한 듯 빨리 걷기 시작한다. 한 시간 반이 지났을 때 요나는 이미 더럽고 커다란 뻬치까[5] 옆에 앉아 있다. 뻬치까 위쪽, 바닥 위, 그리고 긴 의자들 위에도 사람들이 누

---

5) 러시아의 뻬치까(печка)는 실내의 벽과 연결되어 돌출된 형태로 만들어진 벽난로이다. 그 안에 불을 때서 방이나 목욕탕의 온도를 높이거나 그 속에서 빵 등의 음식물을 만드는 데 사용하였다. 온도가 낮은 겨울에는 뻬치까의 열기를 이용하여 그 위쪽이나 옆쪽의 공간에서 잠을 청하는 경우도 있었다. 전통적으로는 돌로 만들었으나, 현재는 벽에서 분리된 형태로 사용하는 철제 뻬치까나 전원을 연결해서 사용하는 뻬치까도 있다.

워 코를 골고 있다. 후덥지근한 공기가 맴돌고 있다…. 요나는 잠든 사람들을 바라보다가 머리를 긁적이며 이렇게 일찍 돌아온 것을 후회한다….

'귀리 값도 벌지 못했군.'

그가 생각한다.

'그것 때문에 이렇게 슬픈 거야. 자신이 해야 할 일을 잘 알고 자신은 물론 말도 배부르게 먹일 수 있는 사람은 언제나 마음이 편한 법인데….'

한쪽 구석에서 젊은 마부가 몸을 일으키더니 졸린 목소리로 컥컥거리며 물통 쪽으로 손을 뻗는다.

"물마시고 싶어서 그러나?" 요나가 묻는다.

"그래요, 목이 말라요!"

"그래…. 잘 마시게…. 근데, 이보게, 내 아들이 죽었다네…. 혹시 들은 적 있나? 이번 주에 병원에서 그랬어…. 참 이상한 일이지!"

요나는 자신의 말이 어떤 효과를 일으켰는지 보려 하지만, 그런 건 없다. 젊은 마부는 이불을 머리까지 뒤집어쓴 채 이미 잠들어있다. 노인은 한숨을 쉰 후 몸을 긁적거린다…. 젊은 마부가 물을 마시고 싶었던 것처럼 그는 말을 하고 싶다. 아들이 죽은 지 곧 일주일이 되지만 그는 아직 누구와도 그 일에 대해 제대로 얘기해 본 적이 없다…. 자세히, 그리고 차근차근 얘기해야 하는데…. 아들이 어떻게 병에 걸렸고 얼마나 괴로워했으며 죽기 전에 무슨 말을 했고 어떻게 죽어갔는지도 얘기해줘야 하는데…. 장례식이 어땠고 죽은 아들의 옷을 가지러 어떻게 병원에 갔다 왔는지도 말해줘야 하는데…. 시골에는 딸 아니샤가 남았고… 그 아이 얘기도 해야 하는데…. 그가 지금 얘기할 수 있는 게 어디 이것뿐이겠는가? 듣는 사람은 탄식을 하며 슬피 울 것임이 틀림없다…. 시골 아낙네들과 얘기하면 이보다 좀 더 나을 것이다. 그들이 멍청하다고는 해도, 몇 마디만 들으면 통곡을 할 테니까 말이다.

'말이나 좀 살펴보러 가봐야겠다.'

요나가 생각한다.

'잠자는 건 언제든 가능해…. 충분히 잘 수 있으니까 걱정할 건 없어….'

그는 옷을 입고 말을 매어 둔 마구간으로 간다. 가

면서 그는 귀리며, 건초며, 날씨에 대해 생각한다…. 혼자 있을 때는 아들 생각을 떠올리지 못한다…. 아들에 대해 누군가와 얘기하는 건 가능하지만, 스스로 아들 모습을 그려보며 생각하는 건 견딜 수 없을 만큼 끔찍한 일이기 때문이다….

"뭐 좀 먹고 있니?"

반짝이는 말의 눈을 바라보며 요나가 묻는다.

"그래, 어서 먹어라, 어서…. 귀리 값을 못 벌었으면 건초라도 먹자꾸나…. 그래… 난 이제 마차를 몰기엔 너무 늙어버렸어…. 내가 아니라 아들이 몰아야 하는데…. 그 애는 참 훌륭한 마부였지…. 살아 있기만 하다면 좋을 텐데…."

요나는 잠시 침묵하다가 말을 이어간다.

"말아, 내 친구야, 그렇게 되어버렸단다. 꾸지마 요늬이치[6]는 이제 없어…. 세상을 떠났단 말이야…. 허무하게 갑자기 죽었단다…. 만일 너한테 지금 새끼 말이 있고 네가 어미인데… 갑자기 그 새끼 말이 죽었다

---

6) 꾸지마 요늬이치(Кузьма Ионыч) - 요나의 아들 이름.

면…. 슬프지 않겠니?”

말은 건초를 우물거리면서 주인의 이야기를 듣다가 그의 손에 입김을 내뿜는다….

요나는 생각에 깊이 빠져들며 말에게 모든 것을 얘기해준다….

티푸스

빼쩨르부르그에서 모스크바로 가고 있는 기차의 흡연 구역에 클리모프라는 젊은 중위가 타고 있었다. 그의 맞은편에는 배의 선장처럼 수염을 깎은 나이든 남자가 앉아 있었는데, 아무래도 부유한 핀란드인이나 스웨덴인처럼 보였다. 그는 가는 길 내내 파이프 담배를 피우며 똑같은 얘기를 했다.

“하, 당신은 장교군요! 내 동생도 장교요, 해군이긴 하지만…. 해군 장교이고 지금 크론슈타트[1]에서 근무

1) 상트-빼쩨르부르그 서쪽의 핀란드만 코틀린 섬에 위치한 소도시로서 러시아 발트 함대의 항구 기지가 존재하기에, 크론슈타트라는 명칭은 대개 이 기지를 의미한다.

하고 있지요. 그런데 무슨 일로 모스크바에 가시는지?"

"거기서 복무하고 있습니다."

"하! 그런데 결혼은 하셨는지?"

"아니요, 숙모랑 여동생과 같이 살고 있습니다."

"내 동생도 장교에요, 해군이죠. 하지만 결혼은 했어요. 아내와 세 아이가 있죠. 하!"

핀란드인은 뭔가에 놀라기라도 하는 듯 "하!" 라고 탄성을 내뱉을 때마다 바보처럼 함박웃음을 지었고 연신 파이프 담배 연기를 뿜어댔다. 몸이 좋지 않아서 그의 질문들에 대답하기 힘들었던 클리모프는 그가 끔찍하게 미워졌다. 쉭쉭 소리를 내는 담배 파이프를 그의 손에서 빼앗아 좌석 밑으로 집어던진 후에 그를 어딘가 다른 객차로 쫓아버리면 좋겠다는 생각이 들었다.

'핀란드인들은 혐오스러운 자들이야… 그리스인들도 마찬가지고.'

그는 생각했다.

'정말 아무짝에도 쓸모없는 역겨운 인간들이지. 지

구 위에서 자리만 차지하고 있을 뿐이니, 그자들을 뭐에 써먹겠어?'

핀란드인들과 그리스인들에 대해 생각하다보니 그는 온몸에서 구토가 날 것 같았다. 그는 비교를 위해 프랑스인들과 이탈리아인들에 대해서도 떠올려 보려 했지만, 이 민족들에 대해서는 왠지 거리의 악사들이나 벌거벗은 여인들이나 숙모의 서랍장 위에 걸려있는 싸구려 외국 석판화만 생각날 뿐이었다.

장교는 전반적으로 자신이 정상 상태가 아니라는 점을 느꼈다. 그는 좌석 전체를 혼자 넓게 사용할 수 있는 상황이었지만 왠지 팔과 다리가 좌석에서 붕 떠 있는 것 같은 느낌이 들었다. 입 안은 끈적거리며 말라붙어있었고 머릿속은 안개로 가득 찬 듯 무거웠다. 그의 생각들은 머릿속에서만이 아니라 두개골 밖에서도 밤의 어두움에 휩싸인 좌석들과 승객들 사이를 헤매고 다니는 것 같았다. 사람들이 웅얼대는 소리, 기차바퀴가 덜컹거리는 소리, 문이 쾅 닫히는 소리들이 마치 꿈결에서처럼 그의 흐릿한 머릿속으로 들려왔다. 벨 소리, 차장들의 호루라기 소리, 사람들이 플랫폼에서 분주히 뛰어다니는 소리들도 평소보다 더 자주 들려왔다. 부지불식간에 시간이 아주 빠르게 흘러갔기에, 마치 기차가 매 분마다 역에 정차하고 그럴 때마다 밖으로부터 "우편물 실었어?", "실었네!"라는 금속성의 목소리들이 계속 들려오는 느낌이 들었다.

화부(火夫)는 너무 자주 들어와서 증기 보일러의 온도계를 체크하는 것 같았고, 마주 오는 기차의 소음과 다리를 건널 때 발생하는 바퀴의 덜컹거리는 소리들도 끊임없이 들려오는 것 같았다. 머릿속에서는 나중에 멀쩡한 정신이 되더라도 그 형태와 특징이 기억나지 않을 만큼 뿌연 형상들이 위협적으로 깜박거리고 있었는데, 창밖의 소음, 호루라기 소리, 핀란드인, 담배 연기 등 모든 것들까지 이 뿌연 형상과 뒤섞이면서 참을 수 없는 악몽처럼 클리모프를 압박하고 있었다. 그는 지독히 우울한 상태에서 무거운 머리를 들어 등불 빛 속에 그림자와 희미한 반점들이 섞여 빙글거리는 모습을 바라보았다. 그는 물을 달라고 청하고 싶었지만 바싹 마른 혀는 간신히 움직일 수 있을 뿐이었고, 핀란드인이 뭐라고 물어보더라도 거기에 대답할 힘도 거의 없었다. 그는 좀 더 편한 자세로 누워서 잠을 청해보려 했지만 성공하지 못했다. 핀란드인이 몇 번이나 잠이 들었다 깨었다 하면서 그에게 "하!"라고 말을 걸며 파이프 담배를 피우고는 다시 잠이 들곤 했기 때문이다. 게다가 자신의 다리 역시 아무리해도 여전히 좌석 위에서 붕 뜬 느낌이었고 위협적인 형상들도 계속 눈앞에서 사라지지 않았기 때문이다.

스뻬로보 역에서 그는 물을 마시기 위해 기차 밖으로 나갔다. 탁자 앞에 앉은 사람들이 서둘러서 뭔가를 먹고 있는 것이 보였다.

'어떻게 먹을 생각이 날까!'

그는 이런 생각을 하며, 구운 고기에서 나는 냄새를 맡지 않으려 애썼고 고기를 씹는 사람들의 입도 쳐다보지 않으려 애썼다. 둘 모두 그에게는 구역질이 날 정도로 역겨웠기 때문이다.

어떤 아름다운 아가씨가 붉은 군모를 쓴 군인과 큰 목소리로 얘기를 나누다가 미소를 지으며 자신의 찬란한 흰 치아를 드러냈다. 미소도, 치아도, 아가씨 자체도 클리모프에게는 돼지 넓적다리 고기나 튀긴 커틀릿과 같은 역겨운 인상을 주었다. 그 아가씨 곁에 앉아 그녀의 건강하게 미소 짓는 얼굴을 바라보는 것이 어째서 그 군인에게 끔찍하게 느껴지지 않는지에 대해 클리모프는 이해할 수가 없었다.

그가 물을 마시고 객차로 돌아왔을 때 핀란드인은 앉아서 담배를 피우고 있었다. 핀란드인의 담배 파이프는 마치 축축하게 땅이 젖은 날에 신은 구멍 뚫린 방수용 고무 덧신처럼 쉭쉭거리며 흐느끼는 소리를 내고 있었다.

"하! 여기는 무슨 역이죠?"

핀란드인이 놀라며 물었다.

"모르겠습니다."

클리모프는 독한 담배 연기를 들이마시지 않으려고 입을 막은 채 자리에 누우며 대답했다.

"뜨베리 역에는 언제 도착하게 되는 건가요?"

"모르겠습니다. 미안하지만 난… 난 대답할 수가 없습니다. 몸이 아파서요. 감기에 걸렸거든요."

핀란드인은 창틀에 대고 담배 파이프를 톡톡 털더니 해군인 자신의 동생 얘기를 하기 시작했다. 클리모프는 이제 더 이상 그의 말에 귀를 기울이지 않았다. 그는 자기 집의 부드럽고 편안한 침대, 시원한 물이 담긴 유리 물병, 그리고 솜씨 좋게 침대에 눕히며 편히 잠들도록 토닥거려주고 물까지 가져다주는 여동생 까쨔의 모습을 그리운 마음으로 떠올렸다. 주인의 무겁고 답답한 장화를 벗겨주고 머리맡 탁자에 물도 놓아주는 자신의 당번병 빠벨의 모습도 문득 생각나자 그의 얼굴에는 미소까지 떠올랐다. 자신의 침대에 누워 물을 한 잔 마시기만 하면 이 악몽 같은 상황은 당장 깊고 건강한 잠에 자리를 양보할 것 같았다.

"우편물 실었나?"

멀리서부터 둔탁한 목소리가 들려왔다.

"실었어!"

굵직한 목소리가 창문 바로 옆에서 대답했다.

그곳은 이미 스뻬로보 역에서부터 두 번째 혹은 세 번째 역이었다.

시간은 껑충껑충 뛰어넘듯이 빠르게 흘러갔고, 벨 소리, 호루라기 소리, 역에 정차하는 소리는 끝없이 이어질 것 같았다. 클리모프는 절망감 속에서 좌석 구석에 얼굴을 파묻고 머리를 두 손으로 감싸 쥔 후 또 다시 여동생 까쨔와 당번병 빠벨에 대해 생각하기 시작했다. 하지만 여동생과 빠벨의 모습은 뿌연 형상들과 뒤섞여 빙글빙글 돌기 시작하더니 사라져버렸다. 좌석 등받이에 부딪쳐 돌아오는 자신의 뜨거운 숨이 얼굴을 달구고 있었고, 다리는 여전히 불편한 느낌이 들었으며, 창문에서부터 새어 들어오는 외풍은 등에 와서 닿고 있었다. 하지만 아무리 괴롭다 해도 자세를 바꾸고 싶은 마음은 전혀 들지 않았다…. 무겁고도 악몽 같은 무기력함이 점점 더 그를 정복해 들어와 사지를 옴짝달싹 못하게 만들었던 것이다.

그가 머리를 들려고 마음먹었을 때 객차 안은 벌써 환했다. 승객들은 털외투를 챙겨 입으며 움직이고 있었고 기차는 멈춰 있었다. 하얀 앞치마를 두르고 번호표들을 소지한 짐꾼들이 승객들 주변을 부산스럽게 오가며 가방들을 집어 들고 있었다. 클리모프는 외투를 입은 후 기계적으로 다른 사람들 뒤를 따라 객차를 나섰다. 자신이 아니라 누군가 낯선 다른 사람이 자기 대신에 걸어가는 듯한 느낌 속에 객차를 내린 그는 밤새 잠 못 들게 방해하던 열과 갈증, 그리고 그 위협적인 형상들도 여전히 자신에 들러붙어 함께 내린 것 같은 느낌을 받았다. 그는 기계적으로 자신의 수하물을 건네받은 후 마차를 불렀다. 마부는 뽀바르스까야 거리까지 1루블 25꼬뻬이까나 불렀지만 클리모프는 깎을 생각도 하지 않고 군소리 없이 마차의 썰매 좌석에 올라탔다. 숫자의 차이 정도는 아직 이해할 수 있는 정신 상태였지만, 돈은 이미 그에게 아무 의미도 없었다.

집에서 그를 맞아준 건 숙모와 열여덟 살 된 여동생 까쨔였다. 인사를 나누면서 까쨔의 손에 공책과 연필이 들려있는 것을 본 클리모프는 그녀가 교사 자격 시험을 준비하고 있다는 사실이 생각났다. 그는 질문과 환영의 말에 대답도 못한 채 그저 몸의 열에 헐떡이기만 하면서 정처 없이 모든 방들을 지나쳐 갔고, 자신의 침대에 이르자 베개 위에 풀썩 쓰러졌다. 핀란드인, 붉은 군모, 치아가 하얀 아가씨, 구운 고기 냄새, 깜박거리는 반점들만이 그의 의식을 점령했기에 이미 그는 자신이 어디 있는지도 몰랐고 놀라서 걱정하는 주변의 목소리들도 들리지 않았다.

다시 정신이 들었을 때 그는 자신이 옷이 벗겨진 채 침대에 누워 있음을 알았고 물이 담긴 유리병과 빠벨의 모습도 눈에 들어왔다. 하지만 이런 사실들로 인해 그의 몸이 시원해지거나 부드러워지고 편안해진 것은 전혀 아니었다. 팔과 다리는 예전처럼 붕 떠 있는 듯했고, 혀는 입천장에 달라붙어 있었으며, 핀란드인의 담배 파이프가 쉭쉭거리는 소리도 여전히 들려왔다…. 침대 곁에서는 검은 턱수염의 건장한 의사가 자신의 넓은 등짝으로 빠벨을 밀면서 부산스럽게 클리모프를 진찰하고 있었다.

"이보게 총각, 괜찮네, 괜찮은 상태야!"

의사는 이렇게 중얼거렸다.

"아주 좋아, 아주 좋은 상태라니까…. 거렇지, 거렇지…."

의사는 클리모프를 총각이라고 불렀고, '그렇지' 대신 '거렇지', '그럼' 대신 '거럼'이라고 발음했다….

"거럼, 거럼, 거럼."

의사가 계속 중얼댔다.

"거렇지, 거렇지…. 아주 좋네, 이봐 총각…. 낙담할 필요 없어!"

의사의 빠르고도 태평한 말투, 잘 먹어 기름진 얼굴, 자신을 은근히 낮춰 대하는 '총각'이라는 단어, 이런 것들이 클리모프를 화나게 만들었다.

"왜 나를 총각이라고 부르는 겁니까? 왜 친한 척하는 거죠? 젠장!"

그가 신음하며 내뱉었다. 그러면서 그는 자신의 목소리에 흠칫 놀랐다. 그 목소리는 자신도 알아듣지 못할 만큼 메마르고 약했으며 떨리듯 흘러나왔기 때문이다.

"아주 좋습니다, 아주 좋아요."

의사는 전혀 기분나빠하지 않으면서 중얼거렸다.

"화내면 안 됩니다…. 거럼, 거럼, 거럼…."

집에서의 시간도 객차에서처럼 놀랄 만큼 빠르게 흘러갔다…. 침실에 드리운 낮의 밝음은 밤의 어두움으로 끊임없이 바뀌어갔다. 의사는 침대 곁을 떠나지 않고 있는 것처럼 보였으며, 그의 "거럼, 거럼, 거럼" 소리도 매분마다 들렸다. 자신의 침실로 일련의 인물들이 끊임없이 밀려들고 있었다. 그들은 빠벨, 핀란드인, 야로셰비치 2등 대위, 막씨멘꼬 상사, 붉은 군모의 군인, 하얀 치아의 아가씨, 그리고 의사였다. 그들 모두는 얘기를 나누며 손을 흔들었고 담배를 피우거나 뭔가를 먹고 있기도 했다. 한번은 대낮의 햇빛이 비치는 상황에서 자기 연대의 사제인 알렉산드르 신부가 보이기도 했다. 그는 영대(領帶)[2]를 두르고 손에는 기도서를 든 채 침대 앞에 서서 클리모프가 예전에 본 적이 없는 아주 심각한 표정으로 무언가를 중얼거리고 있었다. 중위는 알렉산드르 신부가 연대의 모든 가톨릭 신자 장교들을 농담 삼아 친밀하게 '폴란드 놈들[3]'이라고 부르던 것이 기억나서, 그를 웃겨보고자 소리쳤다.

"신부님, 야로셰비치라는 폴란드 놈이 폴란드 숲으로 도망가네요!"

---

2) 러시아어로 '예삐뜨라힐(епитрахиль)'인 '영대(領帶)'란 정교회나 가톨릭의 성직자가 목에 걸어서 허리 아래까지 두 줄로 늘어지게 하는 띠를 말한다.

3) 연대의 장교들이 폴란드 혈통인지와는 직접 상관없이, 전통적으로 러시아와 사이가 좋지 않은 폴란드인들 대다수가 가톨릭 신자라는 점을 풍자해서 하는 말임.

하지만 웃기 잘하고 명랑한 성격의 알렉산드르 신부가 이번에는 웃지도 않고 더 진지한 표정이 되더니 클리모프에게 성호를 긋는 것이었다. 한밤중이 되면 두 개의 그림자가 차례대로 들어왔다 나가곤 했다. 그것은 숙모와 여동생이었다. 여동생의 그림자는 무릎을 꿇고 기도를 드리곤 했다. 그녀의 그림자가 성상 앞에 고개를 숙이면 그 그림자로 인해 벽에 생긴 또 하나의 잿빛 그림자도 고개를 숙였으니, 두 개의 그림자가 함께 신에게 기도를 드린 셈이었다. 구운 고기 냄새와 핀란드인의 파이프 담배 냄새는 여전히 풍겨왔는데, 한번은 독한 향의 냄새도 느껴졌다. 그는 구토가 날 것 같아 몸을 움찔하고는 소리를 지르기 시작했다.

"향! 향을 치워요!"

대답은 없었다. 어디선가 사제들이 낮은 목소리로 성가를 부르는 소리와 누군가 계단을 오르락내리락 뛰어다니는 소리만이 들려왔을 뿐이다.

클리모프가 혼수상태에서 깨어났을 때 침실에는 아무도 없었다. 내려친 창문 커튼 사이로 아침 햇빛이 비집고 들어오고 있었고, 칼날처럼 가늘고도 우아한 햇살은 유리 물병 표면에 비치며 떨리고 있었다. 달가닥거리며 마차 바퀴 구르는 소리가 들리는 것을 보니 거리에는 이미 눈이 녹은 모양이었다. 햇살과 낯익은 가구들과 방문을 둘러본 후 장교는 우선 웃음을 터뜨렸다. 달콤하고 행복한 웃음으로 인해 가슴과 배가 간질간질 떨리기 시작했다. 아마도 최초의 인간이 창조되어 처음으로 세상을 보게 되었을 때 느꼈을 것과 같은 무한한 행복감과 삶의 기쁨이 머리부터 발까지 그의 온 존재를 사로잡았다. 클리모프는 몸을 움직이고 사람들을 만나서 얘기도 하고 싶은 강렬한 욕망을 느꼈다. 그의 몸은 침대에 달라붙은 것처럼 움직이지 않았고 손만 달싹거릴 수 있었지만, 그는 이점을 거의 자각하지 못한 채 사소한 사항들에 온 신경을 집중했다. 그는 자신의 숨소리와 웃음소리에 기뻐했으며, 유리 물병과 천장과 햇살과 커튼 끈이 존재한다는 사실에도 기뻐했다. 그에게 신의 세상은 이 침실처럼 비좁고 구석진 곳에서도 아름답고 다채로우며 위대해 보였다. 의사가 나타났을 때, 중위는 의학이란 참으로 훌륭한 것이고 이 의사는 참으로 사랑스럽고 매력적인 사람이며 인간이란 대체로 참으로 선량하고 흥미로운 존재라는 생각이 들었다.

"거럼, 거럼, 거럼…."

의사가 연속해서 중얼거렸다.

"아주 좋아요, 아주 좋아…. 이젠 다 나았어…. 거렇지, 거렇지."

중위는 그 말을 듣고 유쾌하게 웃었다. 핀란드인, 하얀 치아의 아가씨, 돼지 넓적다리 고기가 문득 떠오르자 담배를 피우고 뭔가를 먹고 싶어졌다. 그가 말했다.

"의사 선생님, 저한테 소금을 친 호밀 빵 껍질을 약간만 가져다 달라고 지시해주시겠어요…. 그리고 정어리도요."

의사는 안 된다고 말했으며 빠벨 역시 클리모프의 지시를 따르려 하지 않았기에 빵을 가지러 가지 않았다. 클리모프는 그걸 참을 수가 없어서 버릇없는 아이처럼 울기 시작했다.

"애기 같구먼! 엄마, 재워 줘!"

의사가 웃음을 터뜨리며 말했다.

클리모프도 따라 웃었다. 의사가 나가자 그는 깊은 잠에 빠졌다. 그는 아까와 같은 기쁨과 행복감을 느끼며 잠에서 깨어났다. 침대 곁에는 숙모가 앉아 있었다.

"아, 숙모!"

그가 기뻐하며 말했다.

"나한테 무슨 일이 있었던 거죠?"

"발진 티푸스를 앓았단다."

"아, 그랬던 거군요. 하지만 이젠 괜찮아요, 몸 상태가 아주 좋아요! 까쨔는 어디 있죠?"

"집에 없어. 시험을 보고 오는 길에 아마 어디 들렀나보다."

노파는 그렇게 말하더니 뜨개질하던 긴 양말 쪽으로 고개를 숙였다. 그런데 그녀의 입술이 떨리기 시작하더니 이내 그녀는 고개를 옆으로 돌리고 갑자기 흐느끼기 시작했다. 낙담한 상태의 그녀는 의사의 금지사항을 잊어버린 나머지 그만 다음과 같이 말해버리고 말았다.

"아아, 까쨔, 까쨔! 우리 천사는 이제 없어! 없단 말이다!"

노파는 긴 양말을 놓쳐서 떨어뜨렸고 그걸 줍기 위해 몸을 숙였는데, 그러다가 머리에서 실내모가 벗겨져 떨어졌다. 숙모의 백발을 흘끗 쳐다본 클리모프는 아무 것도 이해하지 못한 채 까쨔에 대해서 방금 들은 말에 깜짝 놀라서 물어보았다.

"그 애는 대체 어디 있어요? 숙모!"

이미 클리모프의 상태에 대한 생각을 잊은 노파는 자신의 슬픔에만 잠겨 말했다.

"너한테서 티푸스가 전염되었고, 그래서… 그래서 죽었단다. 그저께 장례를 치렀다."

이 뜻밖의 무서운 소식은 클리모프의 의식에 온전하게 전달되었지만, 그것이 아무리 무섭고 충격적인 것이었다 할지라도 회복기의 중위를 가득 채우고 있던 동물적인 기쁨을 누르지는 못했다. 그는 울기도 하고 웃기도 하다가, 이내 먹을 것을 주지 않는다고 심하게 투정을 부리기 시작했다.

1주일이 지나 잠옷 차림으로 빠벨의 부축을 받아 창가로 다가가서 잔뜩 흐린 봄 하늘을 쳐다보며 근처에서 마차에 실려 수송되는 오래된 기차 레일의 불쾌한 삐걱거림에 귀를 기울일 수 있는 몸 상태가 되었을 때, 그때서야 비로소 그는 심장을 쥐어짜는 고통을 느꼈다. 그는 눈물을 터뜨리고는 창틀에 이마를 기댔다.

“나는 왜 이렇게 불행할까!”

그는 중얼거리기 시작했다.

“하나님, 나는 왜 이리도 불행할까요?”

이렇게 하여 그의 기쁨은 일상의 권태로움과 돌이킬 수 없는 상실감에 자리를 비켜주었다.

자고 싶다

한밤중이다. 열세 살 쯤 된 어린 소녀이자 유모인 바리까는 아기가 누워 있는 요람을 흔들며 들릴 듯 말 듯 작은 소리로 흥얼거리고 있다.

"자장, 자장, 잘 자라. 노래를 불러줄게…."

성상(聖像) 앞에는 초록 색깔의 작은 램프가 켜져 있다. 방 전체를 가로지르며 한쪽 구석에서 다른 쪽 구석으로 줄이 매어져 있고, 그 줄에는 기저귀들과 커다란 바지 한 벌이 걸려 있다. 작은 램프의 불빛은 커다란 초록색 반점이 되어 바닥에 어른거리고, 기저귀들과 바지의 긴 그림자가 뻬치까[1], 요람, 바리까에 드리워 있다…. 램프가 살짝이라도 흔들리기 시작하면 반점과 그림자도 되살아나 마치 바람이라도 불어온 것처럼 움직인다. 답답한 공기가 맴돈다. 양배추 수프와 가죽 구두 냄새가 난다.

아기가 운다. 우느라 지쳐서 이미 오래 전에 목이 쉬었을 텐데도 아기는 여전히 큰 소리로 울고 있고 언제 그칠지는 알 수 없다. 하지만 바리까는 졸린다. 눈꺼풀은 달라붙고 고개는 아래로 수그러지며 목덜미가 아프다. 눈꺼풀도 입술도 꼼짝할 수 없다. 얼굴은 바싹 말라붙어 나무토막처럼 되었고 머리는 옷핀의 머리만큼이나 작아진 느낌이 든다.

"자장, 자장, 잘 자라. 널 위해 까샤[2]를 끓여놓을게…."

바리까가 작은 소리로 흥얼거린다.

뻬치까 안쪽에서 귀뚜라미가 찌르르 울고 있다. 문 넘어 옆방에서는 집주인 남자와 그의 견습공인 아파나시가 코를 골고 있다…. 요람은 애처롭게 삐걱대고

---

1) 앞쪽 단편 「고독한 그리움」의 각주 참고 바람.
2) 러시아의 전통적인 죽으로서 러시아의 역사와 함께 하는 유서 깊은 음식이다. 메밀, 보리, 수수 같은 잡곡의 낱알을 재료로 버터, 우유, 소금 등을 섞어 만든다.

바리까는 웅얼거리고 있다. 잠자리에 든 사람에게는 이 모든 소리들이 합쳐져 마음을 진정시켜주는 한밤중의 달콤한 음악이 되곤 한다. 하지만 지금 이 음악은 그녀를 자극하고 괴롭게 만들 뿐이다. 이 음악 때문에 졸음이 와서 잠에 빠지면 안 되기 때문이다. 만일 바리까가 만에 하나 잠이라도 든다면 집주인 내외가 그녀를 매질할 것이다.

램프가 살짝 흔들린다. 초록색 반점과 그림자들도 따라 움직이면서 절반쯤 감겨 움직이지 않는 바리까의 눈 속으로 스며들어오자, 반쯤 잠든 그녀의 머릿속에는 흐릿한 몽상이 떠오른다. 먹구름들이 하늘을 따라 앞 다투어 흘러가며 아기처럼 울어대는 모습이 보인다. 그러다가 갑자기 바람이 불어 구름들이 사라지자, 축축한 진흙창이 되어버린 넓은 길이 보인다. 그 길 위로 짐마차 대열들이 뻗어있다. 등짐을 짊어진 사람들이 느릿느릿 걷고 있는데, 앞뒤로는 그들의 그림자가 이리저리 흩어져 있다. 차갑고 혹독한 안개 너머 길 양 쪽으로 숲들이 보인다. 그런데 등짐을 진 사람들과 그림자들이 갑자기 축축한 진흙 땅 위로 쓰러진다.

"왜 그러는 거예요?"

바리까가 묻는다.

"자려고, 자려고 그래!"

대답이 들려온다. 그러고 나서 그들은 깊은 잠에 빠져 달콤하게 잠을 잔다. 전신줄 위에 앉아 있는 까마귀와 까치들은 아기처럼 울어대며 그들을 깨우려고 애쓴다.

"자장, 자장, 잘 자라. 노래를 불러줄게…."

작은 소리로 흥얼거리는 바리까에게 이제는 답답한 공기가 맴도는 어두운 농가 안 자신의 모습이 보인다.

돌아가신 아버지 예핌 스쩨빠노프가 마루 위에서 몸을 뒤척이고 있다. 아버지의 모습은 보이지 않지만 고통 때문에 마루를 뒹굴며 신음하는 목소리는 들린다. 아버지는 "탈장이 심해졌다"고 말한다. 통증이 너무 심해서 말 한 마디도 입 밖으로 제대로 내뱉을 수 없고, 숨을 들이쉰 다음에 북소리처럼 "부-부-부"라는 소리와 함께 이를 덜그럭거리며 숨을 토해낼 뿐이다.

어머니 뻴라게야는 예핌이 죽어 간다고 말하러 주인댁으로 뛰어간 상태다. 간지가 오래 되었기에 이미 돌아와야만 할 시간이다. 바리까는 뻬치까 위쪽에 누워 잠들지 못한 채 아버지의 "부-부-부" 소리에 귀를 기울인다. 그때 누군가 농가에 도착한 소리가 들린다. 주인댁에서 방문 차 도시에서 머물고 있던 젊은 의사를 불렀는데, 그가 온 것이다. 의사가 농가 안으로 들어온다. 어두워서 그의 모습은 보이지 않지만 그가 기침을 하며 문을 탁 여닫는 소리는 들린다.

"불을 켜요."

의사가 말한다.

"부-부-부…."

예핌이 대답한다.

뻴라게야가 뻬치까 쪽으로 급히 뛰어가 성냥을 넣어 둔 단지를 찾기 시작한다. 잠시 정적이 흐른다. 의사가 자기 주머니를 뒤적거려 성냥을 찾은 뒤 성냥불을 켠다.

"잠깐만요, 나리, 잠깐만요."

뻴라게야가 이 말과 함께 농가 밖으로 급히 뛰어 나

가더니, 잠시 후 타다 남은 양초를 가지고 돌아온다.

예핌의 뺨은 불그스름하고 눈은 빛나며, 그의 시선은 마치 농가와 의사를 꿰뚫어보는 듯 왠지 날카롭다.

의사가 예핌 쪽으로 허리를 굽히며 묻는다.

"아니, 왜 그러는 거요? 무슨 생각을 하는 겁니까?"

의사가 다시 묻는다.

"어허! 오래 전부터 이런 상태였소?"

"뭐라고요? 의사 선생님, 죽을 때가 되었나 보군요…. 살기는 다 틀렸군요…."

"쓸데없는 소린 그만해요…. 치료해 주겠소!"

"좋을 대로 해 주세요, 의사 선생님, 정말 감사드려요. 하지만 우리가 보기엔…. 죽음이 이미 찾아왔다면 뭘 더 할 수 있겠습니까."

의사는 예핌을 진찰하느라 15분쯤 씨름을 하더니 몸을 일으키고 말한다.

"내가 할 수 있는 일은 아무 것도 없군요…. 병원에 가서 수술을 받아야 합니다. 지금 당장 가요…. 꼭 가야 합니다! 좀 늦은 시간이라 병원에선 다들 자고 있겠지만, 별 문젠 아니요. 내가 메모를 해줄 테니 가져

가시오. 알겠소?"

"아이고 이런, 대체 뭘 타고 간다지?"

뻴라게야가 말한다.

"우리한텐 말이 없어요."

"걱정 말아요. 내가 주인댁에 부탁하면 말을 내 줄 거요."

의사가 떠나고 촛불이 꺼지자 또다시 "부-부-부" 소리가 들린다…. 30분쯤 지나자 누군가 농가에 도착한다. 병원에 가라고 주인댁에서 보낸 작은 짐수레가 도착한 것이다. 예핌은 채비를 하고 떠난다….

이제 화창하고 맑은 아침이 밝아오고 있다. 뻴라게야는 집에 없다. 예핌이 어떤 상태인지 보려고 병원으로 떠난 것이다. 어디선가 아기가 우는데, 바리까에겐 누군가 자신의 목소리로 흥얼거리는 게 들린다.

"자장, 자장, 잘 자라. 노래를 불러줄게…."

뻴라게야가 돌아온다. 성호를 긋더니 소곤소곤 말한다.

"탈장된 것을 밤새 바로잡으려 했지만, 아침 무렵에 주님께 영혼을 맡겼다…. 하늘의 왕국과 영원한 평

화가 예핌과 함께 하기를…. 너무 늦게 데려왔다고 하더구나…. 더 일찍 갔어야 했는데….”

바리까는 숲 속으로 들어가서 운다. 그런데 갑자기 누군가 그녀의 뒤통수를 세게 내리쳐서 그녀는 자작나무에 이마를 부딪친다. 눈을 들어서 보니 앞에 구두수선공인 집주인 남자가 서 있다.

“이 더러운 년아, 여기서 대체 뭐하고 있는 거야?”

그가 말한다.

“애가 우는데 잠을 자?”

그가 바리까의 귀를 아프도록 잡아당기자 그녀는 머리를 뒤흔든 뒤 요람을 흔들며 노래를 웅얼거린다. 초록색 반점, 그리고 바지와 기저귀들의 그림자가 흔들흔들 눈짓을 보내면서 또다시 그녀의 머릿속을 채운다. 축축한 진흙창이 된 넓은 길이 다시 눈앞에 보인다. 등짐을 진 사람들과 그림자들이 쭉 뻗고 누워서 곤히 자고 있다. 그들을 바라보면서 바리까는 심한 졸음을 느낀다. 기분 좋게 눕고 싶은데, 옆에서 걷고 있는 어머니 뻴라게야가 그녀를 재촉한다. 둘은 셋방을 구하러 서둘러 도시로 간다.

"제발 자비를 베풀어 주세요!"

어머니는 지나가는 사람들에게 구걸을 한다.

"자비로우신 분들, 하나님의 은총을 보여주세요!"

"아기를 이리 데려와!"

누군가의 익숙한 목소리가 바리까에게 들려온다.

"아기를 이리 데려오라니까!"

똑같은 말이 다시 들려오지만 이번에는 이미 화가 나고 앙칼진 목소리다.

"이 더러운 년아, 안 들리니?"

바리까는 벌떡 일어나 주위를 둘러본 후 무슨 일인지 깨닫는다. 넓은 길도 뻴라게야도 지나가는 사람들도 없고, 방 한 가운데 자기 아기에게 젖을 먹이러 온 주인 여자가 서 있을 뿐이다. 뚱뚱하고 어깨가 넓은 주인 여자가 젖을 먹이며 아기를 달래는 동안, 바리까는 그녀가 젖을 다 먹이기를 기다리며 바라보고 서 있다. 창문 밖에서는 벌써 하늘에 푸른빛이 돌기 시작하고 방 안 천장의 그림자들과 초록색 반점도 눈에 띄게 옅어지고 있다. 곧 아침이다.

"애를 데려가."

주인 여자가 셔츠의 가슴 단추를 잠그며 말한다.

“여전히 울고 있어. 애가 뭐에 홀린 게 틀림없어.”

바리까는 아기를 받아 요람에 눕히고 다시 흔들기 시작한다. 초록색 반점과 그림자들이 점차로 사라져 가다 보니 이제 그녀의 머릿속으로 스며들어 머리를 몽롱하게 만들지는 않는다. 하지만 바리까는 여전히 졸린다. 너무나 자고 싶다! 바리까는 요람 귀퉁이에 머리를 기댄 후 잠을 이겨내려고 온 몸을 흔들어 보지만 눈은 여전히 감겨오고 머리는 무겁기만 하다.

“바리까, 뻬치까에 불을 때!”

문밖에서 주인 여자의 목소리가 울린다.

일어나서 일을 시작해야 할 시간이 벌써 온 것이다. 바리까는 요람을 내버려두고 장작을 가지러 헛간으로 뛰어간다. 그녀는 기쁘다. 뛰거나 걸어 다닐 때면 앉아 있을 때만큼 졸리지는 않기 때문이다. 장작을 가져와 뻬치까에 불을 때다 보니 나무토막 같았던 얼굴이 펴지고 머리가 맑아지는 느낌이 든다.

“바리까, 사모바르를 준비해!”[3)]

주인 여자가 소리친다.

바리까가 나무토막 하나를 잘게 쪼개어 불을 붙인 후에 사모바르 안에 집어넣자마자 새로운 명령이 들린다.

"바리까, 주인어른 덧신을 닦아 놔!"

바리까는 바닥에 앉아 덧신을 닦으면서 그 커다랗고 바닥 깊은 덧신 속에 머리를 박고 잠깐이라도 자면 좋겠다는 생각이 든다…. 그때 갑자기 덧신이 부풀어 오르며 커지더니 방 안을 가득 채운다. 순간 바리까는 구둣솔을 떨어뜨리지만, 이내 머리를 흔들고는 눈을 부릅뜬다. 그녀는 물체들이 커져서 눈 안에서 흔들리지 않도록 똑바로 바라보려고 애쓴다.

"바리까, 바깥 쪽 계단을 물로 닦아라. 안 그러면 구두 맞추러 오는 사람들한테 창피해!"

바리까는 계단을 물로 닦고 방을 청소한다. 그 다음에는 다른 화덕에도 불을 지핀 후 가게로 뛰어간다. 일이 많아서 잠시도 쉴 틈이 없다.

---

3) 러시아에 전통적으로 존재해 온 '사모바르(самовар)'는 원통형의 철제 기구로서, 위쪽 공간에는 물을 붓고 아래쪽 분리된 공간에는 불붙인 목탄이나 나무를 넣어서 물을 끓이는 기구이다. 그 끓인 물로 러시아인들이 애호하는 차를 만들어 마시는 데 자주 쓰인다.

하지만 부엌 탁자 앞에 선 채 계속 감자를 손질하는 것만큼 힘든 일도 없다. 졸려서 고개가 탁자 쪽으로 기울기만 하면 감자는 눈앞에서 가물가물해지고 칼은 손에서 미끄러져 떨어진다. 그러면 근처를 지나다니는 뚱뚱한 주인 여자가 화를 내며 양 소매를 걷어붙이고 소리를 크게 질러대서 귀가 윙윙거릴 지경이 된다. 식사 시중을 드는 것, 세탁하는 것, 바느질하는 것 역시 괴롭다. 아무 것도 신경 쓰지 않고 바닥에 쓰러져 자고 싶은 순간들이 종종 찾아온다.

날이 저물고 있다. 바리까는 창밖이 어두워지는 것을 바라보다가, 무감각해져가는 관자놀이를 지그시 누르며 자신도 왠지 모르게 미소를 짓는다. 저녁의 어스름함이 그녀의 감기는 두 눈을 어루만지며 곧 깊은 잠을 잘 수 있을 것이라고 약속한다. 그런데 저녁 때 주인댁에 손님들이 찾아온다.

"바리까, 어서 사모바르를 준비해라!"

주인 여자가 소리친다.

주인댁의 사모바르는 작아서 손님들이 차를 충분히 마시려면 물을 다섯 번 데워야 한다. 차를 다 마신 후에도 바리까는 손님들을 바라보며 지시를 기다리느라 제 자리에 한 시간 내내 서 있다.

"바리까, 얼른 뛰어가서 맥주 세 병 사와라!"

바리까는 자리에서 벗어난 후 잠을 쫓기 위해 가능한 빨리 달리려고 애쓴다.

"바리까, 얼른 보드카 좀 가져와라! 바리까, 병따개는 어디 있니? 바리까, 청어를 씻어!"

그러다가 마침내 손님들이 떠났다. 불이 꺼지고 주인 내외는 잠자리에 든다.

"바리까, 요람을 흔들어라!"

마지막 명령 소리가 울린다.

뻬치까 안쪽에서 귀뚜라미가 찌르르 운다. 천장에 어른거리는 초록색 반점, 그리고 바지와 기저귀들의 그림자가 반쯤 감긴 바리까의 눈 속으로 또다시 스며들어와 그녀에게 눈짓하며 머리를 몽롱하게 만든다.

"자장, 자장, 잘 자라. 노래를 불러줄게…."

바리까가 작은 소리로 흥얼거린다.

하지만 아기는 운다. 지쳐 힘이 빠질 때까지 운다. 진흙창인 큰 길과 등짐을 진 사람들, 어머니 뻴라게야, 아버지 예핌이 또다시 보인다. 그녀는 눈앞에 펼쳐진 모든 상황을 이해하고 모든 사람들을 알아본다. 그러나 반쯤 잠든 상태에서도 그녀가 결코 이해하지 못하는 것이 있다. 자신의 팔다리를 속박하고 자신을 짓누르며 삶을 방해하는 힘이다. 그녀는 주위를 둘러보며 그 힘을 찾아내서 벗어나 보려하지만, 찾아낼 수가 없다. 기진맥진한 그녀는 결국 온힘을 다해 눈을 부릅뜨고 머리 위에서 깜박거리는 초록색 반점을 바라본다. 그러고는 아기의 울음소리에 귀를 기울이다가 자신의 삶을 방해하는 적을 발견한다.

그 적은—아기다.

그녀는 소리 내어 웃는다. 이렇게 간단한 것을 왜 더 일찍 알아채지 못했는지 자신도 놀랄 지경이다. 초록색 반점, 그림자들, 그리고 귀뚜라미도 웃으며 놀라는 것 같다.

정체를 알 수 없는 생각이 바리까의 몸과 마음을 사로잡는다. 그녀는 의자에서 일어나 눈도 깜빡이지 않고 활짝 미소를 지으며 방안을 돌아다닌다. 그녀는 자신의 팔다리를 속박하고 있는 아기로부터 곧 벗어날 수 있다는 생각에 마음이 상쾌하고 몸이 간질간질 하다…. 아기를 죽인 다음에 자는 거야. 자는 거지, 자는 거라고….

그녀는 소리 내어 웃으며 천장의 초록색 반점을 향해 눈을 깜박해 보이고 한편으로는 손가락으로 위협한다. 그러면서 요람으로 살며시 다가가 아기 쪽으로 몸을 굽힌다. 그녀는 아기를 질식시킨 후, 이제는 잘 수 있다는 기쁨에 소리 내어 웃으며 재빨리 바닥에 눕는다. 얼마 지나지도 않아 그녀는 마치 죽은 사람처럼 곤히 자고 있다….

내기

〈1〉

캄캄한 가을밤이었다. 늙은 은행가는 집무실 이 구석 저 구석으로 왔다 갔다 하며 15년 전 가을에 자신이 주최했던 파티에 대해 회상하고 있었다.

파티에는 똑똑한 사람들이 많았기에 흥미로운 이야기들이 오갔다. 그 중에는 사형에 관한 것도 있었다. 학자와 언론인들이 적잖게 포함된 손님들 중 대다수는 사형에 대해 부정적인 입장을 보였다. 그들은 이 형벌 방식이 이미 낡았으며 기독교 국가에는 무익하고 비윤리적인 방식이라고 판단하고 있었다. 그들 중 몇 사람은 사형을 종신형으로 대체하는 것이 옳다는 의견을 피력했다.

"나는 당신들께 동의할 수 없습니다."

파티의 주최자인 은행가가 말했다.

"나는 사형도 종신형도 겪어보지 못했지만, 선험적(先驗的)인 판단이 가능하다면 내 생각으로는 사형이 종신형보다 더 윤리적이며 인간적이라고 봅니다. 사형은 단번에 죽이고 종신형은 서서히 죽이는 것인데, 대체 어떤 형리(刑吏)가 더 인간적입니까? 당신들 목숨을 몇 분 만에 끊어주는 쪽일까요, 아니면 오랜 세월 동안 시간을 끌며 생명을 앗아가는 쪽일까요?"

"둘 다 똑같이 비윤리적입니다."

손님들 중 누군가가 말했다.

"생명의 박탈이라는 목적에 있어서는 양쪽이 마찬가지이니까요. 국가는 신이 아닙니다. 설사 나중에 돌려주고 싶어도 그럴 수가 없게 될 생명을 빼앗을 권리가 국가에게는 없습니다."

손님들 중에는 스물다섯 살쯤 되는 젊은 변호사 한 명도 와 있었다. 사람들이 그의 의견을 물어보자 그는 다음과 같이 말했다.

"사형과 종신형 둘 다 비윤리적이기는 마찬가지입니다만, 그래도 나한테 사형과 종신형 중에서 하나를 택하라고 한다면 나는 물론 후자를 택하겠습니다. 어쨌든 살아 있는 게 아예 죽는 것보다는 나으니까요."

열띤 논쟁이 벌어졌다. 당시엔 아직 젊어서 좀 신경질적이었던 은행가는 갑자기 화를 내고 주먹으로 책상을 치며 젊은 변호사를 향해 소리쳤다.

"그건 말도 안 되오! 당신이 독방에 갇힌 상태로 5년도 버티지 못할 거라는 데 2백만 루블을 걸 수도 있소!"

"진담으로 하시는 거라면," 변호사가 대답했다. "5년이 아니라 15년을 조건으로 내기에 응하겠습니다."

"15년이요? 좋소!" 은행가가 소리쳤다. "여러분, 내가 2백만 루블을 걸겠습니다."

"동의합니다! 당신은 2백만 루블을 거시고 나는 내 자유를 거는 겁니다!" 변호사가 말했다.

이렇게 해서 이 야만적이고도 황당한 내기가 성립된 것이다! 당시 스스로도 계산이 안 될 정도로 돈이 많아서 건방지고 경박했던 은행가는 이 내기에 희열을 느꼈다. 저녁 식사 자리에서 그는 변호사에게 농담 삼아 말했다.

"젊은이, 더 늦기 전에 정신을 차리시오. 내겐 2백만 루블이 아무 것도 아니지만 당신은 인생 황금기의 3, 4년을 잃어버릴 위험이 있소. 내가 3, 4년이라고 말하는 건 당신이 그 이상은 버텨내지 못할 것이기 때문이오. 불행한 젊은이, 자발적인 감금은 강제적인 감금보다 훨씬 더 힘들다는 점 또한 잊지 마시오. 언제든 독방 밖으로 자유롭게 나갈 권리를 가지고 있다는 생각 때문에 당신의 존재 전체에는 독이 퍼질 것이오. 당신이 딱하군요."

지금 은행가는 집무실 안을 이리저리 거닐며 이 모든 것을 회상하면서 자신에게 물었다.

"무엇 때문에 이런 내기를 했을까? 변호사가 인생의 15년을 잃는 대신에 나는 2백만 루블을 날린다는 것이 무슨 쓸모가 있다는 말인가? 이것으로써 사형이 종신형보다 낫거나 혹은 더 나쁘다는 사실을 사람들에게 증명해보일 수 있다는 말인가? 아니야, 아니야.

부질없고 어리석은 짓이었어. 나로서는 배부른 인간의 변덕이었고, 변호사는 순전히 돈에 대한 갈망일 뿐이었어…."

그는 그 날 저녁 이후에 있었던 일을 연이어 떠올려보았다. 변호사는 은행가의 집 정원에 지어진 바깥채들 중 한 곳에서 아주 엄한 감시를 받으며 감금 생활을 하도록 결정되었다. 15년 동안 바깥채의 문턱을 넘을 권리, 살아 있는 사람들을 보거나 인간의 목소리를 들을 권리, 편지와 신문을 밖으로부터 받아볼 권리 등을 박탈한다는 조건에 합의가 이루어졌다. 악기를 지니거나 책을 읽고 편지를 쓰는 것, 술을 마시고 담배를 피우는 것은 허용되었다. 합의 조건에 따르면, 그가 외부 세계와 할 수 있는 유일한 접촉은 특별히 이러한 목적을 위해 만들어진 작은 창문을 통해서 침묵 속에 이루어져야 했다. 책, 악보, 술, 그 외 등등 그가 필요로 하는 모든 것들은 메모지에 써서 건네주기만 하면 얼마든지 받을 수 있었다. 하지만 그러한 일은 반드시 창문을 통해야만 했다. 합의서는 완벽하게 홀로인 감금이 이루어지도록 아주 사소한 사항들까지 규정해 놓았으며, 변호사에게는 1870년 11월 14일 12시부터 1885년 11월 14일 12시까지 정확히 15년 동안 감금 생활을 할 의무가 지워졌다. 설사 계약기간 종료 2분 전이라 할지라도 변호사 측에서 조금이라도 합의조건들을 위반하려고 시도할 경우에는 은행가는 그에게 2백만 루블을 지불할 의무로부터 벗어날 수 있었다.

감금 생활 첫 해에 변호사는, 그가 남긴 짤막한 메모들로 미루어 판단해 본다면, 고독함과 무료함 때문에 심하게 괴로워했다. 그가 갇힌 바깥채로부터는 밤낮으로 피아노 소리가 들려왔다. 그는 술과 담배를 거부했다. 그가 메모에 쓴 바로는, 술은 여러 욕망을 불러일으키며 욕망은 수인(囚人)의 가장 큰 적이라는 것이었다. 더구나 상대도 없이 혼자서 좋은 술을 마시는 것보다 더 따분한 일은 없으며, 담배는 방 안의 공기를 탁하게 만든다는 것이었다. 첫 해에 변호사에게 전달된 책들은 복잡한 애정 관계를 다룬 소설들, 범죄소설과 환상적인 이야기들, 코미디물 등등 가벼운 내용의 것들이 거의 다였다.

두 번째 해에 바깥채의 음악 소리는 이미 그쳤으며, 변호사는 단지 메모지를 통해 고전 서적들만을 요구했을 뿐이다. 5년째가 되자 다시 음악 소리가 들려오기 시작했고, 수인은 술을 요청했다. 창문을 통해 지켜본 자들의 말에 따르면, 그해 내내 그가 한 일이라곤 먹고 마시고 침대에 누워 있고 자주 하품을 하고 화난 듯 혼잣말을 하는 것뿐이었다. 책은 읽지 않았다. 간혹 밤에 앉아서 무언가를 쓰는 일도 있었는데, 오랫동안 쓰다가 동틀 무렵이면 자신이 쓴 것을 갈가리 찢어버리곤 했다. 그의 울음소리도 여러 번 들려왔다.

6년째가 절반쯤 지났을 때, 수인은 외국어, 철학, 역사를 열심히 공부하기 시작했다. 그가 이런 학문들에 너무도 게걸스럽게 몰입했기에 은행가는 책들을 시간에 늦지 않도록 대주기가 벅찰 지경이었다. 그때부터 4년이 흐르는 동안 그의 요구에 따라 주문해서 들여온 책이 6백여 권에 달했다. 이러한 열중의 기간 동안 은행가는 수인으로부터 한 번은 이러한 편지를 받았다.

친애하는 나의 교도관님! 당신께 이 글을 여섯 가지 언어로 씁니다. 이것을 전문가들에게 보여주고 그들로 하여금 읽어보도록 해 주십시오. 만일 그들이 이 글에서 틀린 것을 전혀 찾아내지 못한다면, 누군가를 시켜 정원에서 총을 발사하도록 해주시기를 간청합니다. 그 총소리는 나의 노력이 헛수고가 아니었음을 내게 말해 줄 겁니다. 온 세상의 천재들이 수천 년 동안 서로 다른 언어로 말해왔지만, 그 모든 언어들 속에는 똑같은 불꽃이 타올라 왔습니다. 아, 내가 이 언어들을 이해하게 됨으로써 지금 나의 영혼이 얼마나 큰 천상의 행복을 누리고 있는지 당신이 알 수만 있다면!

수인의 희망은 이루어졌다. 은행가는 정원에서 총 두 발을 쏘라고 지시했다.

그 후 10년 째 해가 지났을 때 변호사는 책상 앞에 꼼짝 않고 앉아서 오직 복음서(福音書)[1]만을 읽었다. 4년 만에 6백여 권의 심오한 책들을 정복한 사람이

---

1) 신약 성서 중에서 예수의 생애와 가르침을 기록한 마태복음, 마가복음, 누가복음, 요한복음의 네 복음서.

이해하기 쉽고 두껍지도 않은 책 한 권을 읽는데 1년 정도를 썼다는 점이 은행가에게는 이상하게 여겨졌다. 복음서의 뒤를 이은 것은 종교사와 신학 서적들이었다.

감금 생활 마지막 2년 동안 수인은 가리지 않고 닥치는 대로 엄청나게 많은 책들을 읽었다. 자연과학을 공부하는가 하면, 바이런이나 셰익스피어를 요구하기도 했다. 화학 서적, 의학 교과서, 장편소설, 어떤 철학 혹은 신학 논문 등을 동시에 보내달라는 메모들도 종종 전달되었다. 그의 독서는 바다 위 난파선의 파편들 속에서 헤엄을 치면서 목숨을 건지겠다는 일념으로 하나의 파편에서 다른 파편으로 게걸스럽게 옮겨가며 움켜쥐는 자의 모습과도 비슷했다.

〈2〉

늙은 은행가는 이 모든 것을 떠올려보며 생각했다.

'내일 열두 시에 그는 자유를 얻는다. 합의한 대로 나는 그에게 2백만 루블을 지불해야 할 것이다. 내가 그에게 돈을 주면 모든 것이 끝장난다. 나는 확실하게

파산할 테니까….'

15년 전 그는 스스로도 계산이 안 될 만큼 많은 돈이 있었지만, 지금은 가진 돈과 빚 중에서 어느 쪽이 더 많은지 자신에게 묻기가 두려울 지경이 되었다. 나이가 들어서도 도박이나 다름없는 주식 투자 열정과 위험을 무릅쓴 성급한 투기 욕구에서 벗어나지 못하면서 그의 사업은 계속해서 조금씩 기울어갔다. 겁 없고 자신만만하며 자부심 강했던 그는 결국 자신의 증권 시세가 조금이라도 오르락내리락할 때마다 몸을 떠는 이류 은행가로 전락해버리고 말았다.

"망할 놈의 내기였어!"

노인은 절망적으로 머리를 움켜쥐며 중얼거렸다.

"저 자는 왜 죽지 않았을까? 저 자는 아직 마흔 살밖에 안 됐어. 저 자는 내게 마지막으로 남은 것을 가져가서 결혼도 하고 주식 투자도 하면서 인생을 즐기겠지. 하지만 난 거지처럼 부러움을 담은 눈으로 그를 바라보며 그가 날마다 이렇게 반복하는 말을 듣게 될 거야. '나는 당신에게 인생의 행복을 빚졌습니다. 그러니까 이제는 내가 당신을 돕게 해주세요!' 안 돼, 이건 너무해! 파산과 치욕을 면하게 해 줄 수 있는 유일한 길은 저 자가 죽는 것뿐이야!"

시계가 세 시를 쳤다. 은행가는 귀를 기울였다. 집 안의 사람들은 모두 자고 있었고, 창문 밖에서 나무들이 추위에 떨며 사각거리는 소리만이 들려왔다. 소리를 내지 않도록 조심하면서 그는 내화 금고에서 열쇠를 꺼냈다. 15년 동안 한 번도 열리지 않았던 문의 열쇠였다. 그는 외투를 입고 집 밖으로 나왔다.

정원은 어둡고 추웠다. 비가 내리고 있었다. 축축하고도 매서운 바람이 윙윙 소리와 함께 정원 전체를 휩쓸면서 나무들을 괴롭히고 있었다. 은행가는 눈에 힘을 주고 바라보았지만 땅, 흰색 조각상들, 바깥채, 나무들 어느 것 하나 눈에 제대로 들어오지 않았다. 바깥채가 있는 곳까지 다가온 후 그는 경비원을 소리 내어 두 번 불렀다. 대답은 없었다. 경비원은 악천후를 피하기 위해 자리를 떴고 지금은 어딘가 부엌이나 온실에서 자고 있음이 분명했다.

노인은 생각했다.

'만일 내가 용기를 가지고 자신의 의도를 실행에 옮

긴다면, 무엇보다도 경비원이 의심을 받게 되겠지.'

그는 어둠 속에서 계단과 문을 더듬어서 찾아낸 후 바깥채의 현관 안으로 들어갔고, 손으로 더듬어가며 좁은 복도 안을 살며시 걸어 들어가서 성냥불을 켰다. 거기엔 아무도 없었다. 시트도 씌우지 않은 누군가의 침대가 놓여 있었고 구석에는 철제 난로가 어슴푸레하게 보였다. 수인의 방문에 붙여진 봉인은 원래 상태 그대로였다.

성냥불이 꺼진 후 노인은 흥분에 몸을 떨며 작은 창문 안을 들여다보았다.

방 안에는 촛불이 희미하게 타고 있었고 수인 자신은 책상 앞에 앉아 있었다. 그의 등과 머리카락과 팔이 겨우 보일 뿐이었다. 책상 위, 두 개의 팔걸이의자 위, 그리고 책상 옆 카펫 위에도 펼쳐진 책들이 놓여 있었다.

5분이 지나면서도 수인은 몸 한 번 움직이지 않았다. 15년간의 감금 생활이 그에게 꼼짝 않고 앉아있는 법을 가르쳐 준 것이다. 은행가가 손가락으로 창문을 똑똑 두드렸지만 수인은 그 소리에 전혀 반응을 하지 않았다. 그러자 은행가는 조심스럽게 방문에서 봉인을 뜯어낸 후 열쇠 구멍에 열쇠를 집어넣었다. 녹슨 열쇠 구멍에서 끼이익 소리가 나며 방문이 삐걱거렸다. 은행가는 수인의 놀란 비명 소리와 발걸음 소리를 당장 듣게 될 거라고 생각했지만, 3분쯤이 지나서도 방문 저편은 이전처럼 조용했다. 은행가는 방 안으로 들어가기로 마음먹었다.

책상 앞에는 보통 사람들과는 다른 한 인간이 꼼짝 않고 앉아 있었다. 그것은 피부 가죽만 씌워놓은 상태에서 여자처럼 긴 곱슬머리에 텁수룩한 수염이 달린 해골이었다. 얼굴은 흙빛처럼 누랬고 볼은 움푹 꺼져 있었으며 등은 길고 좁았다. 치렁치렁한 머리를 기대고 있는 팔은 너무나 가냘프고 앙상해서 바라보기가 끔찍할 정도였다. 머리카락은 벌써 군데군데 백발이 되어 있었다. 극도로 쇠약해진 노인과 같은 그의 얼굴을 본다면 누구라도 그가 마흔 살밖에 안 되었다는 사실을 믿지 못할 것이었다.

그는 자고 있었다…. 비스듬하게 숙여진 그의 머리 앞 책상 위에는 종이 한 장이 놓여 있었는데, 거기에는 작은 글씨체로 무언가가 씌어 있었다.

'불쌍한 인간!'

은행가는 생각했다.

'아마도 자면서 수백만 루블에 대한 꿈을 꾸고 있겠군! 나는 반쯤 죽은 거나 마찬가지인 이 자를 들어서 침대에 던져 놓고 베개로 살짝 눌러서 질식시키기만 하면 되는 거야. 그러면 전문가가 아무리 꼼꼼하게 부검을 하더라도 피살의 흔적을 찾아내지는 못하겠지. 하지만 이 자가 여기에 뭐라고 써 놓았는지 일단 읽어보기나 하자.'

은행가는 책상에서 종이를 집어 들고 읽어 내려갔다.

나는 내일 열두시에 자유를 얻고 사람들과 교류할 권리를 가지게 된다. 하지만 이 방을 떠나 태양을 보기에 앞서 당신들에게 몇 마디 해줄 필요를 느낀다. 나를 바라보는 신 앞에서 나의 순수한 양심에 따라 당신들에게 다음과 같이 선언하는 바이다. 나는 자유도 생명도 건강도 경멸하며, 당신들의 책들 속에서 세상의 모든 훌륭한 것들이라고 불리는 것들 역시 경멸한다.

15년 동안 나는 세속의 삶에 대해 면밀하게 연구했다. 내가 바깥의 땅이나 사람들을 보지 못한 것은 사실이지만, 나는 당신들의 책들 속에서 향기로운 술을 마셨고 노래도 불렀으며 숲 속에서 사슴과 멧돼지를 사냥하고 여성들을 사랑하기도 했다…. 천재적인 시인들의 마법으로 창조된, 구름처럼 가벼운 몸놀림의 미녀들이 밤중에 나를 찾아와 신비로운 이야기들을 속삭여줄 때면 나의 머릿속은 술에 취한 듯 몽롱해지곤 했다. 나는 당신들의 책들 속에서 엘브루스와 몽블랑의 정상에 올랐으며, 거기에서 아침이면 태양이 떠오르고 저녁이면 그 태양이 하늘과 대양과 산꼭대기를 발그스름한 황금색으로 덮는 것을 지켜보았다. 머리 위쪽에서 구름을 가르며 번쩍이는 번개도 보았으며 푸른 숲과 들판, 강과 호수와 도시들도 보았다. 바다 요정들의 노래 소리와 목동들의 피리 소리를 들었으며, 신에 대해 이야기하기 위해 내게로 날아온 멋진 악마들의 날개를 만져보기도 했다…. 당신들의 책들 속에서 나는 끝없이 깊은 심연에 몸을 던지기도 했고, 기적을 창조하고 살인을 하고 도시를 불태우기도 했으며, 새로운 종교를 설파하고 모든 왕국들을 정복하기도 했다….

당신들의 책들은 나에게 지혜를 가져다주었다. 지칠 줄 모르는 인간의 사고능력을 통해 오랫동안 이룩되어진 모든 것들이 나의 두개골 속에서 하나의 작은 덩어리로 압축되었다. 나는 이제 내가 당신들 누구보다도 현명하다는 점을 안다.

바로 그렇기에 이제 나는 당신들의 모든 책들을 경멸하며 세상의 모든 훌륭한 것들과 지혜도 경멸하게 되었다. 그 모든 것들은 하찮고 무상한 것이며 신기루와 같은 환상이자 기만이다. 당신들이 자부심이 강하고 현명하며 아름답다고 한들, 죽음은 당신들을 마루 밑의 쥐새끼들처럼 지구 표면에서 쓸어버릴 것이다. 당신들의 후손, 역사, 천재들의 불멸성이라는 것도 얼어붙어버리거나 지구와 함께 불타 없어질 것이다.

당신들은 분별력을 상실해서 잘못된 길을 가고 있다. 거짓을 진실로 받아들이고 추악한 것을 아름다운 것으로 받아들이고 있다. 만일에 어떤 이상한 작용의 결과로 사과나무나 오렌지나무에 열매 대신 갑자기 개구리나 도마뱀이 자라났거나 장미꽃이 말의 땀 냄새를 풍긴다면 당신들은 놀랄 것이 틀림없다. 이와 마찬가지로, 나는 하늘을 땅으로 바꿔치기한 당신들에게 놀라고 있다. 나는 당신들을 이해하고 싶지 않다.

당신들의 삶의 방식에 대한 경멸을 행동으로 표현하기 위해, 나는 한때 마치 천국처럼 소망했으나 지금은 경멸하게 된 2백만 루블을 포기한다. 그 돈에 대한 권리를 내 자신에게서 박탈하기 위해 나는 합의된 기한보다 다섯 시간 전에 여기서 나갈 것이며 그럼으로써 스스로 계약을 위반하는 바이다….

글을 다 읽은 은행가는 책상 위에 종이를 내려놓았다. 그는 이 이상한 사람의 머리에 입을 맞추고는 눈물을 흘리며 바깥채를 나섰다. 예전에는 한 번도, 심지어 주식 투자에서 거액을 날렸을 때도 느끼지 못했던 자기혐오감이 밀려들었다. 그는 집으로 돌아와 자리에 누웠지만 흥분과 눈물 때문에 오랫동안 잠을 이루지 못했다….

다음 날 아침 얼굴이 창백해진 경비원들이 달려오더니, 바깥채에 살던 남자가 창문을 빠져나와 대문으로 간 후 어디론가 사라지는 것을 목격했다고 보고했다. 은행가는 하인들과 함께 즉시 바깥채로 가서 수인이 탈출했음을 확인했다. 그는 쓸데없는 소문이 퍼지지 않도록 하기 위해, 포기 의사를 담은 종이를 책상 위에서 집어든 후 집으로 돌아와서는 내화 금고 안에 그것을 집어넣고 잠갔다.

롯실트의 바이올린

그곳은 시골보다도 못한 소도시였다. 거의 노인들만 살고 있다고도 할 수 있었는데 그들이 죽는 경우가 아주 드물었다는 점이 짜증스러웠다. 병원은 물론 교도소에서도 관이 필요한 일은 매우 드물었다. 한 마디로, 사업 상황이 좋지 않았다. 만일 야꼬프 이바노프가 현(縣)의 주요 도시에서 장의사로 일했다면 아마 그는 자신의 집을 가질 수 있었을 것이고 사람들은 그를 야꼬프 마뜨베이치라고 불렀을 것이다.[1] 하지

1) 그의 성명(姓名) 전체는 '야꼬프 마뜨베이치 이바노프'이며, 러시아에서는 성명의 첫 번째 부분인 이름과 두 번째 부분인 부칭(父稱)을 함께 부르면 상대에 대한 존중의 뜻이 표현된다.

만 이 작은 도시에서는 그를 그냥 야꼬프라고 불렀고, 밖에 나가면 무엇 때문인지 '브론자'[2]라는 별명으로도 불렸다. 그는 방이 하나뿐인 작고 오래된 오두막에서 평범한 농부처럼 가난하게 살았는데, 그 방에는 그와 아내인 마르파를 비롯하여, 벽난로, 2인용 침대, 관, 작업대, 그리고 모든 세간살이들이 들어 있었다.

야꼬프는 품질이 좋고 튼튼한 관을 만들 줄 아는 사람이었다. 농사꾼 사내나 상인들을 위해서는 자신의 키를 기준으로 관을 짰는데 한 번도 잘못된 적이 없었다. 이미 70이 넘은 나이였지만 그보다 더 키가 크고 건장한 사람은 아무 데서도, 심지어 교도소에서조차 찾을 수 없었기 때문이다. 귀족이나 여자를 위한 관은 쇠로 된 자로 신체 치수를 재서 만들었다. 아이들 관에 대한 주문이 들어오면 매우 탐탁지 않아 했고, 관을 짤 때도 신체 치수를 재지 않고 무시하는 듯한 태도로 일을 했으며 공임을 받을 때면 항상 이렇게 말하곤 했다.

---

2) '브론자(бронза)'는 러시아어로 '청동'이라는 뜻임.

"솔직히 말해서, 이런 시시한 일은 좋아하지 않습니다."

관을 짜는 본업 외에, 바이올린 연주도 그에게 약간의 수입을 가져다주었다. 이 작은 도시에서는 결혼식에 보통 유태인 악단이 와서 연주를 했는데, 주석도금업자이자 이 악단의 지휘자인 모이세이 일리치 샤흐께스는 악단 수입의 반 이상을 자기가 챙겼다. 야꼬프는 바이올린 연주 솜씨가 뛰어났고 특히 러시아 노래 연주에는 일가견이 있었기 때문에, 샤흐께스는 하루에 50꼬뻬이까를 주는 조건으로 그를 간혹 악단에 부르곤 했다. 손님들이 주는 팁은 그냥 가져도 된다는 조건이었다.

악단에서 연주를 할 때마다 브론자는 일단 땀이 나면서 얼굴이 벌게지곤 했다. 실내가 더운데다가 숨이 막힐 정도로 마늘 냄새가 풍겼으며, 자신의 바이올린이 내는 고음과 오른쪽 귓가에서 울리는 콘트라베이스의 둔탁한 소리, 그리고 왼쪽 귓가에서 울어대는 플루트 소리가 한꺼번에 뒤섞이는 상황이었기 때문이다. 플루트 연주자는 붉고 푸른 핏줄로 얼굴이 온통 덮여 있는 불그스레한 머리의 깡마른 유태인이었는데, 성(姓)은 유명한 갑부인 롯실트[3]와 같았다. 그런데 이 망할 놈의 유태인은 가장 유쾌한 곡조차 구슬프게 연주해 낼 수 있는 기묘한 재주가 있었다. 야꼬프는 유태인들에 대해 아무런 분명한 이유도 없이 점점 혐오와 경멸의 감정을 품기 시작했고 롯실트에 대해서는 특히나 그랬다. 그는 롯실트에게 트집을 잡고 험한 말로 욕을 하기 시작했는데, 한번은 심지어 그를 때리려 했다. 화가 난 롯실트는 그를 바라보며 사납게 내뱉었다.

"만일 내가 당신의 재능을 존경하지 않았다면, 당신은 진즉에 저 창문 밖으로 날아갔을 겁니다."

그러고는 울기 시작했다. 때문에 악단의 유태인들 중에서 누군가가 오지 않는 정말 어쩔 수 없는 상황에서만 가끔 야꼬프를 부르게 되었다.

야꼬프는 늘 엄청난 손해를 보고 살아야 했기에 기

3) 롯실트 - 로스차일드(Rothschild) 가문은 독일의 유태계 혈통 국제적 금융 재정 가문으로서 이 가문의 막대한 부의 축적은 19세기 초반의 마이어 암셀 로스차일드로부터 시작되었다. 후손들에게 이어진 가문의 막대한 부와 명성은 19, 20세기를 통과해 21세기까지 이어지고 있다. 로스차일드는 영어식 발음으로서 러시아어로는 롯실트(Ротшильд)로 쓰고 발음한다.

분이 좋은 날이 한 번도 없었다. 예를 들어 일요일이나 축일에 일하는 것은 죄가 되고 월요일은 일하기 힘든 날이었기에, 이런 식으로 하면 1년에 200일 정도는 어쩔 수 없이 팔짱을 끼고 일을 쉬어야 했다. 이건 정말 큰 손해가 아닌가! 누군가가 악단의 음악 없이 결혼식을 올렸다거나 샤흐께스가 그를 부르지 않은 경우에는 그것 역시 손해였다. 경찰 감독관이 두 해 동안 시름시름 앓아누워 있었을 때 야꼬프는 그가 죽을 날을 초조하게 기다렸지만, 그는 현의 도시로 치료를 받으러 떠난 후 거기서 죽고 말았다. 그런 사람이라면 비단 안감을 댄 비싼 관을 만들었을 테니 야꼬프에게는 최소한 10루블 정도의 손해가 난 것이다. 특히 밤이 되면 손해에 대한 생각 때문에 속이 상하는 경우가 종종 있었기에, 그는 잠자리 곁에 바이올린을 놓아두고 온갖 쓸데없는 생각이 머릿속으로 밀려들 때면 바이올린 줄을 퉁겼다. 어둠 속에서 바이올린이 소리를 내면 마음이 가벼워지곤 했다.

작년 5월 6일에 마르파가 갑자기 병이 났다. 할멈은 힘겹게 숨을 쉬고 물을 많이 마셨으며 걸을 때 비틀거렸다. 그래도 그 날 아침에는 손수 벽난로에 불을 땠고 심지어 물을 길으러 다녀오기도 했다. 하지만 저녁 무렵이 되자 그녀는 앓아누웠다. 야꼬프는 그날 하루 종일 바이올린을 연주했는데, 날이 완전히 어두워지자 그때껏 매일 손해를 적어 둔 수첩을 꺼낸 후 심심한 나머지 1년간의 손해액을 합산해 보았다. 1,000루블 이상의 손해액이 나왔다. 그는 이 사실에 충격받아 주판을 바닥에 내던지고는 발을 쾅쾅 구르기 시작했다. 그런 후 그는 주판을 집어 들고는 긴장한 듯 깊이 한숨을 쉬면서 다시 오랫동안 주판알을 튕겼다. 벌게진 그의 얼굴은 땀에 젖어 있었다. 날아가 버린 이 1,000루블을 은행에 넣었다면 이자로 1년에 최소한 40루블을 벌었을 것이라는 생각이 들었다. 즉 이 40루블도 손해였다. 한 마디로 어디를 보더라도 도처에 손해만 존재할 뿐이었다.

"야꼬프!"

갑자기 마르파가 그를 불렀다.

"나 죽을 것 같아요!"

그는 고개를 돌려 아내를 쳐다보았다. 열로 인해 장

잿빛이 된 그녀의 얼굴은 평소와 달리 환했고 기쁨에 차 있었다. 늘 그녀의 창백하고 겁먹은 듯하며 행복감이라곤 찾아볼 수 없는 얼굴에만 익숙해있던 브론자는 그때서야 당황했다. 그녀가 실제로 죽어가고 있는 것 같았으며 그러면서도 그녀는 이 오두막과 관들, 그리고 야꼬프로부터 마침내 벗어나게 되어 기쁘다는 듯한 표정이었기 때문이다…. 천장을 바라보며 입술을 달싹거리는 그녀의 얼굴에는 마치 자신을 구원해 줄 죽음을 마주보며 그것과 속삭이는 듯한 행복감이 나타나 있었다.

창밖으로 타오르는 아침노을이 이미 동이 틀 시간이 되었음을 알렸다. 할멈을 바라보던 야꼬프는 자신이 평생 한 번도 그녀를 다정하게 대하거나 애처롭게 여긴 적이 없으며, 손수건 한 장이라도 사다주거나 결혼식장에서 뭔가 달짝지근한 것을 가져다줄 생각 역시 해본 적이 없고, 오히려 그녀에게 소리를 지르거나 손해에 대한 화풀이로 욕을 해대고 그녀 곁으로 후다닥 달려가 주먹을 치켜들었던 적만 있다는 사실이 떠올랐다. 물론 그녀를 때린 적은 전혀 없지만 어쨌든 위협은 했으며 그때마다 그녀는 공포에 질려 꼼짝하지 못했다. 게다가 그렇잖아도 많은 지출액 때문에 그녀가 차를 마시는 것도 허락하지 않았기에, 그녀는 뜨거운 물만 마셨다. 이런 생각 끝에 그는 어째서 그녀의 얼굴에 그처럼 이상스러울 정도로 기쁜 표정이 나타났는지를 깨달았고, 결국 끔찍한 느낌이 들었다.

아침이 될 때까지 기다린 후 그는 이웃에게서 말을 빌어서 마르파를 병원에 데려갔다. 환자들이 많지 않아서 그는 그다지 길지 않게 세 시간 정도만 기다리면 되었다. 대단히 다행스럽게도, 그 날은 본인이 몸이 아팠던 의사가 아니라 그의 조무사인 막심 니꼴라이치가 환자들을 받고 있었다. 이 노인은 비록 술꾼에다 싸움을 일삼는 사람이기는 했어도, 환자들 진찰에 있어서는 의사보다 낫다고 도시의 모든 사람들이 말을 하고 있었다.

"안녕하십니까."

할멈을 진찰실로 데리고 들어가면서 야꼬프가 말했다.

"죄송합니다, 막심 니꼴라이치, 별것도 아닌 일로

늘 귀찮게 해드리네요. 보시다시피, 여기 제 물건이 병이 나서 말이죠. 흔히들 말하듯, 이런 표현이 죄송합니다만, 인생의 동반자인데….”

조무사는 허연 눈썹을 찡그린 후 구레나룻을 쓰다듬으며 할멈을 훑어보기 시작했다. 바싹 말라 코가 뾰족해진 할멈은 입을 벌린 채 등을 구부리고 간이의자에 앉아 있었는데, 그 옆모습이 목마른 새처럼 보였다.

“음, 그래…. 알겠군.”

조무사는 천천히 말을 하더니 한숨을 내쉬었다.

“유행성 독감일 수도 있고, 아니면 열병일 수도 있네. 요즘 이 도시에 티푸스가 돌고 있거든. 뭐 어쩌겠나? 할멈도 다행히 살 만큼은 산 것 같군…. 올해 몇 살인가?”

“일흔에서 한 살 모자랍니다, 막심 니꼴라이치.”

“뭐 어쩌겠나? 살만큼 살았으니 이제 갈 때가 된 거지.”

“물론 지당한 말씀이십니다, 막심 니꼴라이치.”

공손한 태도로 미소를 지으며 야꼬프가 말했다.

“선생님의 친절에 진심으로 감사드립니다. 하지만

벌레조차도 살고 싶어 한다는 말도 있지 않습니까?"

"세상 일이 다 그렇지 뭐!"

조무사는 마치 할멈이 죽고 사는 일이 자기 손에 달렸다는 듯한 어투로 말했다.

"자, 이 친구야, 이렇게 하도록 하게. 할멈 머리에 차가운 찜질을 해주고 이 가루약을 하루에 두 번 먹이게. 자 그럼 잘 가게, 봉쥬르!"

야꼬프는 조무사의 표정으로 미루어 할멈의 상태가 아주 좋지 않으며 어떤 가루약도 소용이 없을 것이라는 점을 느꼈다. 이제 그에게는 마르파가 얼마 있지 않아, 즉 오늘 아니면 내일 죽을 게 분명해 보였다. 그는 조무사의 팔꿈치를 슬쩍 치고는 눈을 찡긋거리며 작은 소리로 말했다.

"막심 니꼴라이치, 할멈한테 부항을 좀 떠주시면 좋겠는데요."

"이보게 친구, 내가 지금 그럴 시간이 없네, 없다고. 할멈을 데리고 편히 돌아가게나. 잘 가게."

"제발 좀 부탁드립니다."

야꼬프가 애원했다.

"선생님도 아시다시피, 할멈이, 예를 들어, 배가 아프거나 어디 내장에 문제가 있다면 가루약이나 물약이 도움이 되겠지만 이건 감기지 않습니까! 감기에 걸렸을 땐 우선 피를 뽑아야 하잖아요, 막심 니꼴라이치!"

하지만 조무사는 이미 다음 환자를 불러들였고, 그러자 어떤 아낙네가 소년을 데리고 진찰실로 들어왔다.

그는 얼굴을 찌푸리며 야꼬프에게 말했다.

"가라고, 가라니까…. 일을 복잡하게 만들 필요 없네!"

"그럼 거머리라도[4] 좀 붙여주십시오! 제가 선생님을 위해 평생 기도해드릴 테니까요!"

그러자 조무사는 벌컥 화를 내며 소리를 질렀다.

"어디 한 마디만 더 해 봐라! 멍청한 놈 같으니라고…."

야꼬프 역시 화가 치솟아 온 몸이 벌게졌지만 한 마디도 하지 않고 마르파를 부축해 진찰실 밖으로 데리고 나갔다. 수레에 타고 난 후에야 그는 비웃는 표정으로 싸늘하게 병원을 쳐다보며 말했다.

"여기엔 의사가 아니라 배우들만 잔뜩 가져다 앉혀

---

4) 부항을 뜰 수 있는 흡착기 대신에 거머리를 사람의 피부에 붙여서 피를 빨아올리게 하는 민간요법을 의미한다.

놨군! 부자들한테는 부항도 잘 떠줄 거면서 가난한 사람들한테는 거머리 한 마리도 아깝다는 거겠지. 헤롯 같은 놈들!”

집으로 돌아와 오두막 안으로 들어간 마르파는 벽난로를 붙잡고 기대어 10분 정도 서 있었다. 자리에 누우면 또 야꼬프가 손해 본 일을 늘어놓으며 그녀가 늘 누워만 있고 일은 하지 않는다고 몰아댈 것 같았기 때문이다. 야꼬프는 우울한 마음으로 그녀를 바라보며, 내일은 성(聖) 세례 요한의 날이고 모레는 기적을 행하는 성(聖) 니꼴라이의 날이며 그 다음은 일요일이고 또 그 다음은 일하기 힘든 날인 월요일이라는 점을 떠올렸다. ‘이 나흘 동안은 일을 할 수 없을 것이고 마르파는 아마 이 나흘 중 하루에 죽을 것이다. 그렇다면 관은 오늘 만들어야 한다.’ 그는 이런 생각을 하며 쇠로 된 자를 집어든 후 할멈에게 다가가 그녀의 키를 쟀다. 그리고 그녀가 자리에 눕자 성호를 긋고 관을 만들기 시작했다.

일이 끝나자 브론자는 안경을 쓰고 자신의 수첩에 다음과 같이 적었다.

〈마르파 이바노바의 관—2루블 40꼬뻬이까.〉

그러고는 한숨을 내쉬었다.

할멈은 내내 눈을 감고 아무 말 없이 누워 있었다. 하지만 저녁이 되어 어두워지자 그녀는 갑자기 영감을 불렀다.

"기억나요, 야꼬프?"

그녀가 기쁜 표정으로 그를 바라보며 물었다.

"50년 전에 하나님이 금빛 머리털이 보송하게 난 아기를 우리한테 보내준 걸 기억해요? 그때 당신이랑 난 늘 강가에 앉아서 노래를 불렀잖아요…. 버드나무 아래서요."

그러고는 쓴 웃음을 지으며 덧붙였다.

"그런데 그 계집아이가 죽었죠."

야꼬프는 기억을 가다듬어 보았지만 아기도 버드나무도 전혀 기억나지 않았다.

"당신이 헛것을 보고 있는 거야."

그가 말했다.

사제가 와서 성찬식을 하고 병자성사를 행했다. 그러고 난 후 마르파는 뭔가 알아들을 수 없는 말을 중얼대다가 아침녘에 세상을 떴다.

이웃의 할멈들이 마르파를 씻기고 옷을 입힌 다음에 관에 넣었다. 교회 관리 부제에게 괜한 돈을 주지 않으려고 야꼬프는 직접 시편을 읽었다. 묘지 관리인이 그의 대부였기 때문에 묘 값으로는 한 푼도 들지 않았다. 농사꾼 사내 네 명이 돈 때문이 아니라 마르파에 대한 존경의 마음으로 관을 묘지까지 운반해 주었다. 할멈들과 거지들, 그리고 바보 성자[5] 둘이 관 뒤를 따랐고, 마주치는 사람들은 경건하게 성호를 그었다…. 야꼬프 역시 모든 일이 이처럼 깔끔하고 고상하며 저렴하게, 그러면서도 누구의 기분도 상하게 하지 않고 진행되어서 무척 만족스러웠다. 마르파와 작별하던 마지막 순간 그는 손으로 관을 만져보며 생각했다.

'잘 만든 관이군!'

---

5) '바보 성자(聖者)'란 러시아 정교의 전통 중에서 독특한 현상의 하나로서, 세속의 가치를 전면 부정한 금욕과 고통의 생활을 함으로써 더 깊은 깨달음에 이룰 수 있다고 믿으며 일부러 남루한 옷을 걸친 채 방랑하던 수도자들을 의미한다. 외적으로는 어리석거나 광기에 젖은 듯 보이지만 그들의 성스러움과 내적 지혜가 큰 가치를 지녔기에 '바보 성자(聖者)'라는 단어가 탄생하게 되었다.

하지만 묘지에서 돌아오는 길에 그는 극심한 우울감에 사로잡혔다. 왠지 몸 상태도 나빠져서, 뜨거운 숨을 힘겹게 몰아쉬는 가운데 다리의 힘이 풀리고 계속 목이 말라왔다. 게다가 머릿속으로는 온갖 생각들이 밀려들었다. 평생 한 번도 그녀를 애처롭게 여기거나 다정하게 대한 적이 없다는 생각이 다시 떠올랐다. 52년이란 아주 긴 세월 동안 한 오두막에서 지내며 살아왔지만, 그 기간 내내 자신이 그녀에 대해 생각하거나 관심을 기울인 적이 전혀 없었다는 생각이 들었다. 그녀는 자신에게 흡사 고양이나 개와 같은 존재로 취급되었던 것이다. 하지만 매일 벽난로에 불을 지피고 요리를 하고 빵을 굽고 물을 길으러 다니고 장작을 패고 자신과 한 침대에서 자고, 자신이 결혼식에서 술에 취해 돌아오면 항상 경건한 태도로 바이올린을 벽에 걸어준 후 자신을 잠자리에 누이던 사람이 그녀가 아니었던가. 그리고 이런 모든 일들을 항상 수줍고 자상한 표정으로 말없이 하지 않았던가.

롯실트가 미소 띤 얼굴로 고개를 꾸벅 숙이며 야꼬프 쪽으로 다가왔다.

"아저씨를 찾고 있었어요!"

롯실트가 말했다.

"모이세이 일리치가 인사를 전하라고 하셨어요. 그리고 지금 바로 와 달라고도 하셨어요."

야꼬프는 그럴 마음 상태가 아니었다. 울고 싶은 마음뿐이었다.

"저리 가!"

야꼬프는 이렇게 말하고 가던 길을 계속 가기 시작했다. 그러자 롯실트는 그를 쫓아 달려간 후 앞을 막아서며 불안해하는 표정으로 외쳤다.

"아니, 어떻게 이럴 수가 있어요? 모이세이 일리치가 기분 나빠하실 거예요. 당장 오라고 하셨다고요!"

야꼬프는 이 유태인이 숨을 헐떡이며 달려와 눈을 깜박거리며 서 있는 모습이 혐오스럽게 느껴졌다. 붉은 주근깨가 가득한 그의 얼굴도 보기 싫었다. 검은 헝겊조각을 여기저기 덧댄 그의 초록색 프록코트와 연약하고도 예민한 몸뚱이를 바라보는 것 역시 메스꺼웠다.

"이 마늘 냄새 나는 놈아, 왜 이렇게 들러붙는 거

냐? 귀찮게 하지 마!"

야꼬프가 소리쳤다.

유태인도 벌컥 화를 내며 소리쳤다.

"아저씨, 좀 조용히 말을 해요, 안 그러면 아저씬 울타리 너머로 날아가 버릴 거예요!"

"내 앞에 얼쩡거리지 말고 멀리 꺼지란 말이야!"

야꼬프는 크게 고함을 지르더니 주먹을 쳐들고 롯실트에게 달려들었다.

"더러운 유태 놈들 때문에 도저히 살 수가 없구먼!"

완전히 공포에 질린 롯실트는 바닥에 풀썩 쪼그린 후 자신에게 가해질 타격에서 몸을 보호하기라도 하려는 듯 머리 위로 팔을 휘저었다. 그러더니 벌떡 일어나 있는 힘껏 멀리로 달아나기 시작했다. 그는 놀란 듯 깡충거리기도 하고 어이없다는 듯 두 팔을 벌려 보이기도 하며 달려갔다. 길고 야윈 그의 등이 떨리는 것이 보였다. 꼬마 아이들은 잘 만났다 싶었던지 "유태 놈! 유태 놈!"이라고 외치며 그의 뒤를 쫓아 달려갔다. 개들도 왈왈 짖으며 그의 뒤를 쫓아갔다. 누군가가 깔깔거린 후에 휘파람을 불어댔고, 그러자 개들도 더 큰 소리로 사이좋게 왈왈 짖으며 달려갔다….
그 다음에는 절망적이고 고통스러운 비명이 들렸다.
개들이 롯실트를 문 것이 분명했다.

야꼬프는 목초지를 거닐다가 방향을 틀어 눈길 가는 대로 도시 끝자락을 따라 걷기 시작했다. 꼬마 아이들이 소리쳤다.

"브론자가 간다! 브론자가 간다!"

그러다가 눈앞에 강이 나타났다. 도요새들이 강가에서 짹짹 소리를 내며 돌아다니고 있었고 오리들은 꽥꽥 소리를 내며 헤엄치고 있었다. 태양이 강하게 내리쬐고 있어서, 물 위에 반짝거리는 햇볕 때문에 눈이 아플 정도였다. 강가의 오솔길을 따라 걷던 그는 뚱뚱하고 뺨이 붉은 여자가 야외 목욕장에서 나오는 모습이 눈에 들어오자 생각했다.

'아이고 저런, 흉측한 여자 같으니!'

야외 목욕장에서 멀지 않은 곳에서 고기를 미끼로 매달아 가재를 잡던 꼬마 아이들이 그를 보고는 심술궂게 외쳐대기 시작했다.

"브론자! 브론자!"

그런데 그 순간, 몸통에 큰 구멍이 뚫려있고 위쪽 줄기에는 까마귀 둥지가 있으며 가지가 넓게 퍼진 오래된 버드나무 한 그루가 눈앞에 나타났다…. 그러자 마르파가 얘기했던, 금빛 머리털이 보송하게 난 아기와 버드나무에 대한 기억이 그의 머릿속에서 생생하게 살아났다.

'그렇구나, 이게 바로 그 버드나무구나. 초록색으로 평온하고 슬퍼 보였던 그 버드나무…. 불쌍한 것, 정말 많이 늙었구나!'

그는 버드나무 아래 앉아 옛일을 떠올려 보았다.

'지금은 강이 범람하면 물에 잠기는 목초지가 있는 저편 기슭에는 옛날엔 거대한 자작나무 숲이 있었고, 지평선 위로 저 멀리 보이는 대머리 산에는 그때는 정말 오래된 소나무 숲이 푸르게 우거져 있었지. 강을 따라 짐배들도 다녔지. 하지만 지금은 모든 게 평평하고 매끈하게 다져지는 시대가 되어서, 저편 기슭에도 귀족 아가씨처럼 젊고 날씬한 자작나무 한 그루만 서 있을 뿐이구나. 강에도 오리와 거위들만 있어서 옛날엔 여기기 짐배가 다녔다는 사실이 믿기지 않을 정도

야. 옛날과는 다르게 거위의 수도 줄어든 것 같구나.'
야꼬프가 눈을 감자 그의 상상 속으로 거대한 흰 거위 떼들이 하나 둘씩 서로 엇갈리며 날아 들어왔다.
그는 자신이 지난 40년 혹은 50년 간 어떻게 이 강에 한 번도 와 보지 않았는지, 또는 혹시 실제로 왔더라도 어떻게 한 번도 이 강에 관심을 가져 본 적이 없었는지 이해할 수가 없었다. 시시한 강이 아니라 꽤 괜찮은 강인데도 말이다. 그가 이 강에서 고기잡이를 시작했다면 잡은 고기들을 상인들이나 관리들, 그리고 역에 있는 식당 주인에게 팔 수 있었을 것이고, 그럼 그 돈을 은행에 넣을 수도 있었을 것이다. 보트를 타고 강가의 집들을 이리저리 다니며 바이올린 연주를 했다면 온갖 관등의 사람들이 돈을 지불했을 것이다. 없어진 짐배를 다시 운영할 수도 있었을 것이다. 그게 관 짜는 일보다 벌이가 더 좋았을 테니까 말이다. 그리고 또 하나, 거위를 키운 후에 잡아서 겨울에 모스크바로 보낼 수도 있었을 것이다. 거위 털만으로도 1년에 10루블 정도는 너끈히 모을 수 있었기 때문이다.
하지만 그는 하품만 하면서 이런 일들은 전혀 하지

않았던 것이다. 얼마나 큰 손해인가? 정말로 큰 손해가 아닌가! 만일 그가 고기도 잡고 바이올린 연주도 하며 짐배도 운영하고 거위 잡는 일까지 다 했다면 얼마나 큰돈을 벌었을까! 하지만 이런 일들은 꿈속에서조차 일어나지 않았고, 아무 이익도 아무 만족도 없이 흘러간 세월은 한 줌 코담배 가치도 없이 사라져 버렸다. 앞날에는 이미 아무 것도 남지 않았고, 뒤를 돌아봐도 거기엔 손해와 온 몸에 오한까지 느껴질 정도로 끔찍한 것들 이외엔 아무 것도 보이지 않았다.

인간은 이러한 상실감과 손실이 생기지 않는 삶을 왜 살 수 없는 것일까? 대체 왜 자작나무 숲과 소나무 숲을 베어버린 것일까? 무엇 때문에 목초지를 헛되어 놀리는 걸까? 무엇 때문에 사람들은 항상 불필요한 일들만 골라서 하는 걸까? 무엇 때문에 야꼬프는 평생 동안 욕질을 하고 으르렁대거나 주먹을 쥐고 달려들어 아내를 모욕했던 것일까? 대체 무슨 필요가 있었기에 야꼬프는 아까 유태인을 공포에 질리게 하고 모욕했던 것일까? 무엇 때문에 사람들은 일상적으로 다른 이들의 삶을 방해하는 것일까? 이런 행동들 때문에 얼마나 큰 손실이 생기는가 말이다! 정말 끔찍한 손실이 아닌가! 만일 미움과 증오가 없다면 사람들은 서로에게서 엄청난 이득을 얻을 수 있을 텐데도 말이다.

저녁에도 밤에도 아기, 버드나무, 물고기, 도살된 거위, 옆모습이 목마른 새 같은 마르파, 창백하고 가련한 롯실트의 얼굴이 환각처럼 야꼬프의 눈앞에 어른거렸다. 어떤 낯짝들이 사방에서 달려들어 손해를 봤다고 중얼대는 모습도 어른거렸다. 그는 이리저리 뒤척이다가 바이올린 연주를 하려고 다섯 번쯤 자리에서 일어났다.

아침이 되자 힘겹게 자리에서 일어나 병원으로 갔다. 그날도 막심 니꼴라이치가 있었는데, 그는 야꼬프에게 머리에 차가운 찜질을 하라고 지시하며 가루약을 주었다. 그의 표정과 말투로 미루어 야꼬프는 자신의 상태가 아주 좋지 않으며 어떤 가루약도 도움이 되지 않을 것이라는 점을 알았다. 집으로 돌아오며 그는 죽음은 이득만 준다는 것을 깨달았다.

'죽고 나면 먹을 필요도 마실 필요도 없고, 세금을

낼 필요도 사람들을 모욕할 필요도 없고, 무덤 속에서는 1년이 아니라 수백, 수천 년을 살게 될 테니 계산해 보면 엄청난 이득이 생기겠군. 사람은 삶으로부터는 손해를, 죽음으로부터는 이익을 얻게 되는 거구나.'

이러한 생각은 물론 맞기는 하지만 어쨌든 슬프고도 괴로운 생각인 것이다. 사람에게 단 한 번 주어지는 인생이 아무 이익 없이 흘러가는 이러한 이상한 질서는 왜 세상에 존재하는 것일까?

그는 죽는다는 게 애석하지는 않았다. 하지만 집에 돌아와서 바이올린을 보니 바로 가슴이 죄어오며 슬픈 마음이 들었다. 무덤으로 가져갈 수는 없으니 이 녀석은 고아로 남을 테고 그 후엔 자작나무 숲과 소나무 숲에 생긴 일이 이 녀석에게도 발생할 것이었다. 세상의 모든 것은 사라져왔고 앞으로도 사라질 것이기 때문이다.

야꼬프는 오두막에서 나와 바이올린을 가슴에 끌어안고 문턱 옆에 앉았다. 그는 손해만 남긴 채 이제는 가망 없이 사라져버린 자신의 삶을 생각하며, 자신도 무엇인지 모를 곡을 연주하기 시작했다. 하지만 서글프고도 감동적인 선율이 흘러나오자 두 볼을 타고 눈물이 흘러내리기 시작했다. 그가 더 깊이 생각에 잠길수록 바이올린의 선율은 더욱 슬퍼져갔다.

빗장이 삐거덕거리는 소리가 두어 번 들리더니, 쪽문을 열고 들어오는 롯실트의 모습이 보였다. 그는 마당의 반쯤 되는 곳까지는 씩씩하게 걸어 들어왔으나, 야꼬프를 보더니 갑자기 멈춰 서서 몸을 온통 움츠리고는 아마도 두려움 때문이지 지금이 몇 시인지 알려주기라도 하듯 손가락으로 모양을 취했다.

"괜찮으니까 이리 오게."

야꼬프는 부드럽게 말하여 그를 자기 쪽으로 오라고 손짓했다.

"이리 와 보라니까!"

롯실트는 믿을 수 없다는 듯 두려움에 떠는 눈길로 다가와 야꼬프로부터 1싸젠[6]쯤 되는 곳에서 멈춰 섰다.

"제발 때리지는 마세요!"

쪼그려 앉으며 그가 말했다.

---

6) 제정 러시아 시기의 길이 단위. 1싸젠(сажень)은 현재의 2.13미터에 해당함.

"모이세이 일리치가 또 보내서 온 거예요. 무서워하지 말고 다시 여기 와서 아저씨 없이는 도저히 안 되겠다고 전하라고 했어요. 수요일에 결혼식이 있다는데… 네, 수요일이요! 샤뽀발로프 씨가 딸을 좋은 사람에게 시집보낸대요. 그리고 결혼식도 성대할 거라나 봐요, 와우!"

유태인이 마지막 말을 덧붙이며 한쪽 눈을 찡긋해 보였다.

"난 갈 수가 없어…."

힘겹게 숨을 쉬며 야꼬프가 말했다.

"이 친구야, 내가 병이 났네 그려."

이렇게 말한 야꼬프는 다시 연주를 시작했다. 솟구쳐 나온 눈물이 바이올린 위로 떨어졌다. 롯실트는 팔을 가슴에 십자가 모양으로 포갠 채 야꼬프의 옆에 서서 주의 깊게 연주를 들었다. 겁먹고 어리둥절했던 롯실트의 얼굴 표정이 점차 슬프고 비통한 표정으로 바뀌어 갔다. 그러더니 그는 마치 고통스러울 정도의 황홀경에 빠진 듯 눈을 반쯤 위로 치켜뜬 후 "아하!"라고 탄식했다. 그의 뺨을 타고 천천히 흘러내리기 시작한 눈물이 초록색 프록코트 위에 방울져 떨어졌다.

그 후 야꼬프는 슬픔에 잠긴 채 하루 종일 자리에 누워 있었다. 저녁이 되자 사제가 찾아와 고해성사를 하며 기억나는 어떤 특별한 죄라도 있는지 물었다. 약해져가는 기억을 가다듬다보니 마르파의 불행한 얼굴이 또다시 떠올랐고 개에 물린 유태인의 절망적인 비명 소리도 들려왔다. 그는 간신히 들릴 듯한 목소리로 말했다.

"내 바이올린을 롯실트에게 주세요."

"알겠소."

이제 이 도시에서는 모두들 이런 질문을 한다.

"롯실트한테 그런 좋은 바이올린이 어떻게 생긴 거지? 샀나? 아니면 훔쳤나? 아니면 혹시 누가 돈을 꾸고 저당물로 맡긴 건가?"

롯실트는 플루트 부는 걸 이미 오래전에 그만두었고 지금은 바이올린만 연주한다. 그의 바이올린 활 아래서 흘러나오는 구슬픈 소리는 예전의 플루트 소리와 다름없다. 하지만 그가 문턱에 걸터앉아 예전에 야꼬프가 죽기 전에 연주했던 곡을 다시 연주해줄 때면,

무언가 아주 우울하고도 애수에 젖은 곡조가 흘러나오기에 듣는 사람들은 눈물을 흘리고 그 자신도 결국은 눈을 반쯤 치켜뜨고는 "아하!"라고 탄식하곤 한다. 이 새로운 곡이 사람들의 마음에 너무나 들었기에, 도시의 상인들과 관리들은 앞 다투어 그를 자기 집으로 초대해 그 곡을 열 번씩이나 연주해달라고 조르곤 한다.

귀여운 여인

퇴직한 8등관인 쁠레만니꼬프의 딸 올렌까는 생각에 잠겨 자기 집 마당의 현관 계단에 앉아 있었다. 날씨가 무덥고 파리들이 귀찮을 정도로 들러붙었기에, 곧 저녁때가 된다는 생각만 해도 기분이 아주 좋았다. 동쪽으로부터 어두운 비구름이 몰려오고 있었으며, 그 구름에서부터 습한 바람도 이따금 불어왔다.

이 집 마당의 별채에 세 들어 살고 있으며 야외극장 〈티볼리〉의 운영자인 꾸낀은 마당 가운데 선 채로 하늘을 바라보고 있었다.

"또 이 모양이군!"

그가 좌절한 목소리로 말했다.

"또 비가 오겠어! 마치 일부러 그러는 것처럼 매일 비가 오잖아, 매일! 이건 올가미에 목을 매고 죽으라는 거나 다름없군! 이러다간 파산이야! 매일 엄청난 손해를 보고 있으니!"

그는 두 손바닥을 찰싹 소리가 나게 마주치더니 올렌까에게 몸을 돌리고 말을 이어갔다.

"올가 세묘노브나[1], 우리들 삶이라는 게 이렇답니다. 정말 울고 싶을 지경이라고요! 괴로울 정도로 애쓰며 일하고 또 밤에는 어떡하면 좀 나아질까 생각하느라 잠도 안 옵니다. 그런데 그 결과는 대체 어떤가요? 우선, 관객들이 무식하고 촌스럽습니다. 나는 관객들에게 최상급 오페레타와 몽환극, 그리고 일류 무대가수들을 선보이지만, 관객들이 이런 것들을 필요로 할까요? 그들이 이런 것들을 조금이라도 이해할까요? 그들이 필요로 하는 건 광대극이랍니다! 저속한 걸 보여줘야 한단 말입니다! 둘째로, 날씨를 좀 보세요.

---

1) '올렌까'는 그녀의 전체 성명(姓名)인 '올가 세묘노브나 쁠레먄니꼬바'에서 이름인 '올가'의 애칭이며, 이름과 부칭(父稱)인 '올가 세묘노브나'로 상대를 호칭하면 존중의 뉘앙스를 담게 됨.

거의 매일 저녁 비가 옵니다. 5월 10일부터 시작해서 5월과 6월 내내 비가 오니 정말 끔찍합니다! 관객은 모이지도 않는데 나는 임대료를 내고 배우들 임금도 줘야 되지 않습니까?"

이튿날 저녁쯤이 되자 또다시 먹구름이 몰려오기 시작했고, 그러자 꾸낀은 미친 듯 웃으며 말했다.

"뭐, 어쩌라는 거야? 그래, 계속 이러라지 뭐! 극장이 몽땅 물에 잠기고 나 역시 물에 빠져 죽어도 상관없어! 살아서도 죽어서도 나는 행복해지면 안 된다는 거잖아! 배우들이 나를 고소해도 상관없어! 재판 받는다고 뭐가 달라지나? 시베리아 강제노동에 처해지든, 교수형을 당하든, 아무 상관없어! 하-하-하!"

그리고 그 다음 날도 마찬가지였다….

올렌까는 진지한 표정으로 조용히 꾸낀의 말을 들어주었고, 가끔은 눈물이 글썽해지는 경우도 있었다. 꾸낀의 불행은 마침내 그녀의 마음을 감동시켜서 그녀는 그를 사랑하게 되었다. 그는 키가 작고 깡말랐으며 얼굴빛은 누렇고 관자놀이 결 머리카락들은 말끔히 빗어 넘긴 사람이었다. 가느다랗고 높은 음성으로 말을 할 때면 입술을 일그러뜨리곤 했으며 얼굴에는 언제나 좌절감이 드러나 있었다. 그럼에도 불구하고 그는 그녀의 마음속에 진실하고도 깊은 감정을 불러일으켰다.

그녀는 늘 누군가를 사랑했으며 그런 사랑 없이는 살 수 없는 여자였다. 예전에는 지금 어두운 방 안에서 팔걸이의자에 앉아 힘겹게 숨 쉬며 앓고 있는 아빠를 사랑했다. 브랸스크에서부터 2년에 한 번쯤 가끔 방문하러 오곤 했던 이모도 사랑했으며, 그보다 일찍 예비중학교에 다닐 때는 프랑스어 선생님을 사랑했다. 그녀는 말수가 적고 선량하며 자비심이 많은 아가씨였다. 시선은 온화하고도 부드러웠으며 몸은 매우 건강했다. 그녀의 통통하게 살이 오른 장밋빛 뺨, 검은 점이 찍힌 보드랍고 하얀 목, 유쾌한 이야기를 들을 때면 얼굴에 떠오르는 선량하고도 천진난만한 미소를 보고 있노라면 남자들은 '응, 꽤 괜찮은데….' 라고 생각하며 자기들도 미소를 지었고, 손님으로 온 부인들은 얘기를 나누다가도 갑자기 그녀의 손을 부여잡으며 기쁨에 겨워 다음과 같이 충동적으로 말하지 않고는 못 배겼다.

"당신은 정말 귀엽군요!"

그녀가 태어날 때부터 살아왔고 아버지의 유언장에도 그녀의 명의로 되어 있는 이 집은 〈티볼리〉 극장에서 멀지 않았으며, 도시 변두리에 있는 집시 임시 정착촌 근처에 위치해 있었다. 극장에서 연주하는 소리와 폭죽 터지는 소리가 저녁부터 밤늦은 시간까지 그녀에게 들려왔다. 그녀에게 그 소리는 꾸낀이 자신의 운명과 싸우고 자신의 주요한 적인 무관심한 관객들을 공격하는 소리처럼 느껴졌다. 그럴 때면 심장이 달콤하게 멈추는 듯한 느낌이 들었기에 잠을 자고 싶은 생각도 완전히 사라졌다. 새벽녘에 꾸낀이 집으로 돌아올 때면 그녀는 자신의 침실 창문을 가볍게 톡톡 두드린 후 커튼 사이로 얼굴과 한쪽 어깨만을 내밀고 상냥하게 미소 지어 보이곤 했다….

꾸낀이 청혼했고 그리하여 둘은 결혼했다. 그리고 그녀의 목과 통통하고 건강한 두 어깨를 좀 더 확실하게 보게 되었을 때 그는 손뼉을 치며 말했다.

"당신은 정말 귀여워요!"

그는 행복했지만 결혼식 날에도 낮과 밤으로 계속 비가 왔기에 그의 얼굴에서 좌절감이 사라지지는 않았다.

결혼 후 그들은 다정하게 살았다. 올렌까는 매표소에 앉아서 표를 팔기도 하고 공연이 잘 진행되도록 챙기기도 했으며, 지출 내역을 적고 급료를 나누어 주기도 했다. 그랬기에 그녀의 장밋빛 뺨과 광채가 날듯 사랑스럽고 천진난만한 미소는 어떤 때는 매표소 창문에서, 어떤 때는 무대 뒤에서, 또 어떤 때는 식당 안에서 볼 수 있었다. 그리고 어느덧 그녀는 지인들에게 세상에서 가장 훌륭하고 가장 중요하며 필요하기도 한 것은 바로 극장이며, 진정한 기쁨을 얻고 교양을 갖춘 인도주의적 인간이 되는 것은 오직 극장을 통할 때만 가능하다고 말하게 되었다.

"하지만 관객들이 이런 걸 이해할 수 있을까요?"

그녀는 말했다.

"그들이 요구하는 건 광대극이에요! 어제 「뒤집어서 본 파우스트」[2]를 공연했는데 특등 관람석은 거의 모두 비었더라고요. 하지만 만일 바니치까[3]와 내가 저속한 작품을 무대에 올렸다면 극장은 입추의 여지없이 꽉 찼을 게 틀림없어요. 내일 바니치까와 나는 「지옥의 오르페우스」[4]를 공연할 건데, 꼭 보러 오세요."

또한 그녀는 극장과 배우들에 대해 꾸낀이 하는 말을 그대로 되풀이했다. 남편처럼 그녀 역시 관객들이 예술에 무관심하고 무식하다는 점을 비난했으며, 리허설에 참견하여 배우들의 연기를 교정하기도 했고, 악사들의 행동 방식을 감독하기도 했다. 지역 신문에 극장에 대한 부정적 평가가 실리면 그녀는 울음을 터뜨렸고 그 다음엔 해명을 하기 위해 신문사 편집국에 찾아가기도 했다.

배우들은 그녀를 좋아했고 그녀를 '바니치까와 나' 또는 '귀여운 여인'이라고 부르곤 했다. 그녀는 배우

---

2) 프랑스의 오르간 연주자이자 오페레타 작곡가인 플로리몽 에르베(Florimónd Herve', 1825~1892)가 1869년에 쓴 오페레타 「어린 파우스트(Le Petit Faust)」를 러시아에서는 「뒤집어서 본 파우스트」라는 제목으로 바꾸어 1869년에 초연하였다.

3) 남편 꾸낀의 전체 성명(姓名)인 '이반 뻬뜨로비치 꾸낀'에서 이름인 '이반'의 애칭.

4) 독일 태생의 프랑스 작곡가이자 첼리스트인 쟈크 오펜바흐(Jacques Offenbach, 1819~1880)가 작곡하여 1858년에 파리에서 초연한 오페레타. 풍자와 익살이 주요소이며 러시아에서는 1865년에 초연하였다.

들을 측은하게 여겨서 약간의 돈을 빌려주기도 했는데, 그들이 그녀를 기만하는 경우가 생겨도 남편에게는 호소하지 않고 그저 혼자서 눈물을 찔끔거릴 뿐이었다.

겨울에도 그녀와 남편은 잘 지냈다. 그들은 시내에 있는 극장을 겨울 전체 기간으로 임대한 후에 그것을 소(小)러시아[5]에서 온 공연 그룹, 혹은 마술사, 혹은 지역 동호회 등에 단기간씩 재임대하기도 했다. 몸이 점차 불면서 그녀의 얼굴도 온통 만족감으로 빛났지만, 겨우내 일이 괜찮게 풀려갔는데도 꾸낀은 얼굴빛이 노랗게 야위어가면서 손해가 엄청나다고 투덜거렸다. 그가 밤마다 기침을 해댔기에 그녀는 남편에게 산딸기 시럽이나 라임나무 꽃잎차를 먹이기도 했고 오드콜론으로 마사지를 하거나 자신의 부드러운 숄을 덮어주기도 했다.

"당신은 정말 사랑스러운 사람이에요! 당신은 정말 좋은 사람이에요!"

---

5) 현재의 우크라이나를 말함.

남편의 머리카락을 어루만지며 그녀는 아주 진지하게 말했다.

사순절(四旬節) 기간에 꾸낀은 새로운 단원들을 구하기 위해 모스크바로 떠났다. 올가는 남편이 옆에 없어 잠을 잘 이룰 수 없었기에 계속 창가에 앉아 별들을 바라보기만 했다. 그럴 때면 그녀는 닭장 안에 수탉이 없으면 밤새 자지 않고 불안해하는 암탉들과 자신을 비교하며 처지가 똑같다고 생각했다. 모스크바에서의 일이 지체되고 있던 꾸낀은 부활절까지는 돌아올 것이며 그때까지 〈티볼리〉와 관련된 일은 어떻게 처리해야 하는지에 대한 지시 사항을 편지에 써서 보내왔다. 하지만 부활절을 1주일쯤 앞둔 고난주간의 일요일 저녁 늦게 갑자기 대문을 두드리는 불길한 소리가 들렸다. 누군가 마치 나무통을 두드리는 것처럼 "쿵-쿵-쿵"하며 대문 옆의 쪽문을 두드려댔다. 졸린 눈의 하녀가 문을 열어주기 위해 물웅덩이 위를 맨발로 철벅철벅 소리를 내며 뛰어갔다.

"문 좀 열어주시오!"

누군가가 대문 뒤에서 둔탁하고 낮은 목소리로 말

했다.

“전보요!”

올렌까는 예전에도 남편에게서 전보를 받아 본 적이 있었지만 이번에는 왠지 머리가 완전히 멍해지는 느낌이 들었다. 그녀는 떨리는 손으로 전보의 봉인을 뜯은 후 다음과 같은 내용을 읽어 내려갔다.

〈이반 뻬뜨로비치 금일 돌연 사망. 수선 지시를 기다리겠음. 자례식 화요일.〉

전보에는 실제로 ‘자례식’이라는 단어와 ‘수선’이라는 뭔지 뜻 모를 단어가 씌어져 있었다[6]. 전보 발송인 서명은 어떤 오페라 극단의 무대감독 이름으로 되어 있었다.

---

6) 러시아어 원전에는 전보 발송인이 쓴 세 문장이 그대로 나와 있는데, 문장들은 마침표 없이 이어져 있으며 ‘우선’을 뜻하는 러시아어 단어 ‘сначала’는 ‘сючала’로, ‘장례식’을 뜻하는 ‘похороны’는 ‘хохороны’로 되어 있다. 문장 사이에 마침표를 쓰지 않은 것은 마침표나 쉼표 하나로도 전보 발송 비용이 올라가는 점을 의식해 발송인이 그 비용을 아끼기 위한 것이며(당시에 이런 일이 종종 있었다고 함), сючала와 хохороны는 완벽한 글자 오류로서 발송인의 급박함 혹은 무성의함을 시사해준다. 독자들의 독서 편의를 위해 이 책에서는 문장 사이에 마침표를 찍어 놓았으며, 글자 오류를 반영하기 위해 ‘сючала’와 ‘хохороны’는 편의상 각각 우리말 ‘수선’과 자례식‘으로 표기했음을 알린다.

"여보!"

올렌까는 흐느껴 울기 시작했다.

"여보, 나의 소중한 바니치까! 왜 내가 당신과 만났던 걸까요? 왜 내가 당신을 알게 되고 사랑하게 된 걸까요! 당신은 가엾은 올렌까를, 이 가엾고 불행한 올렌까를 누구에게 버려두고 떠난 거예요…?"

꾸낀의 장례식은 화요일에 모스크바의 바간꼬프 묘지에서 치러졌다. 올렌까는 수요일에 집으로 돌아왔고, 자기 방에 들어가자마자 침대에 몸을 던진 후 거리와 이웃집들에도 들릴 만큼 큰 소리로 통곡하기 시작했다.

"저 귀여운 여인이!"

이웃 여자들이 성호를 그으며 말했다.

"아주머니, 저 귀여운 올가 세묘노브나 부인이 너무 괴로워하고 있어요!"

그로부터 석 달이 지난 후 어느 날, 올렌까가 예배를 드린 후 긴 상복을 입은 채 수심에 차서 돌아오는 길이었다. 이웃 사람들 중 한 명인 바실리 안드레이치 뿌스또발로프 역시 교회에서 돌아오는 길이었는데 우연히 그녀와 나란히 걷게 되었다. 그는 바바까예프라는 상인 명의의 목재 창고 관리인이었다. 밀짚모자를 쓰고 흰 조끼 위에 금으로 만든 시곗줄을 늘어뜨린 그는 상인이라기보다는 지주와 더 비슷한 느낌을 주었다.

"올가 세묘노브나, 세상 모든 것에는 정해진 길이 있는 법입니다."

그는 목소리에 연민을 담고 차분하게 말했다.

"우리 가까이에 있는 사람들 중 누가 죽는다 해도 그건 하나님의 뜻일 겁니다. 그러므로 우리는 용기를 가지고 순종하며 견뎌내야 합니다."

그는 올렌까를 집 문 앞까지 바래다 준 후 작별 인사를 하고 자기 길을 갔다. 그 뒤 하루 종일 그녀의 귓가에는 그의 차분한 목소리가 맴돌았다. 눈을 감으면 바로 그의 까만 수염이 아른거렸다. 그녀는 그가 무척 마음에 들었다. 그리고 그녀 역시 그에게 좋은 인상을 남긴 것 같았다. 왜냐하면 며칠 뒤 별로 잘 알지도 못하는 사이인 노부인 하나가 그녀의 집에 커피를 마시러 오더니 식탁에 앉자마자 바로 뿌스또발로프에 관한 얘기를 꺼냈기 때문이다. 그 부인은 그가 성품이 좋고 믿음직한 남자이며 어떤 처녀라도 그와는 흔쾌히 결혼할 것이라고 말했다.

사흘 뒤에는 뿌스또발로프 자신이 방문했다. 그는 잠시 10분 정도만 앉아 있었고 말도 별로 안 했지만, 올렌까는 그를 사랑하게 되었다. 어떻게나 깊이 사랑하게 되었는지 그날 밤 그녀는 밤새 잠을 못 이루고 열병에라도 걸린 것처럼 몸에 열이 났다. 다음 날 아침 그녀는 노부인을 부르기 위해 사람을 보냈다. 올렌까는 중매를 받아들였고 그 다음에는 결혼식이 있었다.

결혼 후 뿌스또발로프와 올렌까는 화목하게 살았다. 남편은 보통 점심 식사 때까지 목재 창고에 머물다가 그 다음에는 일을 보러 밖으로 나가곤 했다. 그러면 그를 대신하여 올렌까가 사무실에 저녁때까지 앉아서 수입지출 장부를 쓰고 물품을 내보내는 일을 했다.

"요즘은 목재 값이 해마다 20퍼센트씩 오르고 있어요."

그녀는 목재를 사러 오는 사람들이나 지인들에게 말하곤 했다.

"생각해 보세요, 예전에 우리는 이 지역 목재만 취급했지만 지금은 바시치까[7]가 해마다 목재를 사러 모길례프 현까지 다녀와야 하잖아요. 게다가 목재를 실어오는 운송비도 엄청나다고요!"

그녀는 끔찍하다는 듯 두 손으로 양 볼을 감싸며 말하곤 했다.

그녀는 마치 자신이 오래 전부터 목재 장사를 해온 사람이며 삶에서 가장 중요한 것은 목재인 것처럼 느꼈다. 도리목, 통나무, 판자, 서까래, 각재, 줄눈판, 버팀목, 평판 등의 단어를 듣다보면 뭔가 친밀하고도 감동적인 느낌이 들었다. 밤에 잠을 잘 때도 가득 쌓아 올린 얇고 굵은 판자 더미들과, 목재를 도시 너머 어딘가로 실어 나르는 끝없이 긴 짐마차 행렬들이 꿈에 나타났다. 길이가 10미터가 넘는 많은 통나무들이 마치 전쟁터에 나가는 1개 연대처럼 똑바로 선 채 목재 창고로 걸어 들어오는 모습과 통나무, 도리목, 평판들이 마른 나무 특유의 요란한 소리를 내며 서로 부딪

7) 남편의 이름 '바실리'의 애칭.

혀 한꺼번에 쓰러졌다가 다시 일어나면서 첩첩이 쌓이는 꿈도 꾸었다. 올렌까는 이런 꿈들을 꾸며 비명을 질러냈고 그럴 때면 뿌스또발로프가 그녀에게 부드럽게 말하곤 했다.

"여보, 올렌까, 무슨 일이오? 성호를 그어 봐요!"

남편의 생각은 곧 그녀의 생각이기도 했다. 방이 너무 덥다거나 장사가 잘 안 된다고 남편이 생각하면 그녀도 그렇게 생각했다. 남편은 어떤 종류의 여가 생활도 즐기지 않았기에 휴일에는 집에만 틀어박혀 있었으며, 그녀 또한 마찬가지였다.

"두 분은 항상 집 아니면 사무실에만 있군요. 귀여운 부인, 극장이나 서커스 구경도 좀 하세요."

지인들이 이렇게 말을 하면 그녀는 차분히 대답하곤 했다.

"바시치까와 나는 극장에 갈 시간이 전혀 없답니다. 우리는 일을 해야 하는 사람들이라서 시시한 것에는 관심이 없어요. 극장에 가봤자 뭐가 좋은 게 있나요?"

뿌스또발로프와 올렌까는 토요일마다 저녁 기도회에 나갔으며 휴일에는 새벽 예배에 나갔다. 교회에서 돌아올 때면 다정한 얼굴 표정으로 나란히 걸어오곤 했다. 두 사람 모두에게서 좋은 향기가 났고 그녀의 비단 드레스는 듣기 좋은 사각사각 소리를 냈다. 집에 오면 우유와 버터를 섞어 만든 빵과 다양한 잼들을 곁들여 차를 마셨고 그 다음에는 파이를 먹었다. 매일 정오가 되면 보르쉬[8], 구운 양고기 또는 구운 오리고기의 좋은 냄새가, 그리고 육식을 금하는 재계(齋戒) 기간에는 생선 구이의 좋은 냄새가 그 집 마당은 물론 대문 너머로도 솔솔 풍겨왔기에 그 집 대문 앞을 지나는 사람치고 군침을 흘리지 않는 사람이 없었다. 사무실에서는 항상 찻주전자가 끓었으며 목재를 사러 온 사람들은 둥근 가락지 형태의 빵과 함께 차를 대접받았다. 부부는 1주일에 한 번씩 목욕탕에 다녀왔는데, 나란히 돌아올 때면 둘 다 얼굴이 발갛게 상기되어 있었다.

"우린 별 일 없이 잘 살고 있어요. 하나님 덕분이죠. 부디 모두들 나와 바시치까처럼 살기를 기원합니다."

---

8) 소량의 고기와 당근, 양파, 사탕무 등의 채소를 함께 넣어 푹 고아 만드는 러시아의 전통적인 고기 수프.

뿌스또발로프가 목재를 사러 모길레프 현으로 떠난 동안에는 그녀는 몹시 쓸쓸해하며 밤마다 잠을 못 자고 훌쩍거렸다. 가끔 저녁때 그들의 집에 세 들어 살고 있는 연대의 젊은 청년 수의사 스미르닌이 놀러 오기도 했다. 그는 뭔가 이야기를 들려주거나 그녀와 카드놀이를 하곤 했는데, 이것이 그녀를 즐겁게 해주었다. 특히나 흥미로웠던 것은 그 자신의 가정생활에 대한 이야기였다. 그는 결혼을 했고 아들도 있지만 아내가 바람을 피웠기에 갈라섰으며, 지금은 아내가 미워도 아들의 양육비로 매달 40루블을 보내주고 있다고 말했다. 올렌까는 그 이야기를 들으면서 한숨을 쉬고 고개를 절레절레 흔들었다. 그녀는 그가 불쌍했다.

"주님의 가호가 당신과 함께 하기를 기원해요."

촛불을 들고 그를 현관 계단 입구까지 배웅하고 작별 인사를 하면서 그녀가 말했다.

"쓸쓸하던 참에 와서 함께 시간 보내줘서 고마워요. 주님께서 당신께 건강을 주시고 성모께서도 그리 하시길…."

그와 대화하는 동안 그녀는 남편을 흉내 내어 계속

해서 아주 차분하고도 사려 깊게 말을 했다. 수의사가 아래 쪽 현관문을 열고 사라진 뒤에도 그녀는 그의 이름을 부르며 말했다.

"저 말이에요, 블라지미르 쁠라또니치, 부인과 화해하시는 게 좋겠어요. 아들을 위해서 부인을 용서하세요! 아마 그 아이도 모든 걸 이해할 거예요."

뿌스또발로프가 돌아온 후 올렌까는 목소리를 낮춰 그에게 수의사와 그의 불행한 가정생활에 대해 얘기해주었다. 둘 다 한숨을 쉬며 고개를 저었고, 아마도 아버지를 그리워하고 있을 소년에 관해 얘기를 나누었다. 그러고 나서 그들은 어떤 이상한 생각의 흐름에 이끌려 둘 다 성상 앞으로 가서 서더니 바닥에 한쪽 무릎을 꿇고 하나님이 자신들에게도 아이를 보내달라고 기도했다.

그렇게 뿌스또발로프 부부는 조용하고도 온화하게, 그리고 서로 사랑하고 완벽하게 화합을 이루며 6년을 지냈다. 그러던 어느 겨울날 뿌스또발로프는 목재 창고에서 뜨거운 차를 마신 뒤 모자를 쓰지 않고 목재를 반출하러 나갔다가 감기에 걸려 앓아 눕고 말았다. 뛰어난 의사들이 그를 치료해보았지만 병세는 점차 악화되기 시작했고 결국 그는 넉 달 동안 병석에 누워 있다가 죽었다. 이렇게 올렌까는 다시 과부가 되었다.

남편의 장례식을 마친 후 올렌까는 통곡하며 말했다.

“여보, 당신은 나를 대체 누구에게 버려두고 간 거예요? 비참하고 불행한 나는 이제 당신 없이 어떻게 살아야 하나요? 선량한 여러분, 저를 불쌍히 여겨 주세요, 완전히 혼자가 된 저를….”

그녀는 상장(喪章)이 달린 검은 드레스를 입고 다녔으며 모자나 장갑을 끼는 것은 이제 완전히 거부했다. 교회에 가거나 남편의 무덤을 찾아가는 것 이외에 그녀가 집밖으로 나오는 경우는 드물었다. 그녀는 집에서 수녀와 같은 삶을 살았다. 6개월이 지나서야 그녀는 상장을 떼어냈으며 창문의 덧창을 열기 시작했다. 가끔씩 아침에 식료품을 사러 하녀와 함께 시장에 가는 모습이 사람들의 눈에 띄었다. 하지만 그녀가 자기 집에서 어떻게 살고 있는지, 그리고 그곳에서 무슨 일이 생기고 있는지에 대해서는 추측만 할 수 있을 뿐이었다. 예를 들어, 정원에서 소리 내어 신문을 읽어주고 있는 수의사 옆에 그녀가 앉아 함께 차를 마시는 모습이나 우체국에서 아는 부인과 만난 후 다음과 같이 말하는 모습을 통해서 추측을 할 뿐이었던 것이다.

“우리 도시에서는 올바른 가축 관리가 되고 있지 않아요. 그래서 많은 질병들이 발생하고 있지요. 사람은 우유를 마시다 병에 걸릴 수도 있고 말과 소로부터 병균에 감염될 수도 있다는 사실쯤은 늘 들어서 다들 알 텐데도 말이죠. 사실 사람의 건강만큼이나 가축의 건강에 대해서도 신경을 써야 한답니다.”

이처럼 그녀는 수의사의 생각을 그대로 말했고, 이제는 무엇에 관해서나 그와 같은 견해를 가지게 되었다. 그녀는 누군가에 대한 애착 없이는 1년도 살기 힘든 사람이라는 점은 분명했으며, 이제는 자기 집 별채에서 새로운 행복을 발견했던 것이다. 다른 여자였다면 이런 행동에 대해 사람들의 비난을 받았겠지만, 올렌까에 대해서는 누구도 나쁘게 생각할 수 없었다. 그녀의 삶에서의 모든 것은 이처럼 자연스럽게 받아들여졌던 것이다. 수의사와 그녀는 자신들의 관계에서 발생한 변화에 대해 누구에게도 말하지 않았고 나아가

숨기려 애썼다. 하지만 그것은 성공하지 못했다. 올렌까는 비밀을 가질 수 있는 사람이 아니었기 때문이다. 연대에서 같이 근무하는 수의사의 동료들이 놀러오면, 그녀는 차를 따라주거나 저녁식사를 대접하면서 뿔 달린 가축의 페스트나 결핵, 도시의 도살장 등에 대해 말하곤 했다. 그런데 그럴 때면 수의사는 무척 당황한 표정을 지었고 손님들이 돌아가고 나면 그녀의 손을 붙잡고 씩씩거리는 목소리로 화를 냈다.

"당신이 잘 모르는 문제에 대해서는 얘기하지 말아 달라고 부탁했잖아요! 우리 수의사들끼리 얘기할 때면 제발 끼어들지 말아요. 결국은 사람들한테 폐가 된단 말이에요!"

그녀는 놀라고 불안한 표정으로 그를 쳐다보며 물었다.

"볼로지치까[9], 그럼 난 대체 무슨 얘기를 해야 하나요?"

그러면서 그녀는 눈물을 글썽이며 그를 껴안고 화

---

9) 수의사의 전체 성명인 '블라지미르 뻴라또뇌치 스미르닌'에서 이름인 '블라지미르'의 애칭.

내지 말아달라고 애원하곤 했다. 그러면 그들 둘 다 다시 행복한 마음이 들었다.

하지만 그런 행복은 오래 가지 못했다. 연대가 어딘가 아주 멀리, 거의 시베리아쯤으로 옮겨감에 따라 수의사도 연대와 함께 영원히 떠나버린 것이다. 그렇게 올렌까는 홀로 남았다.

이제 그녀는 완전히 혼자 몸이 되었다. 아버지는 이미 오래 전에 세상을 떠났으며 그가 쓰던 팔걸이의자는 한쪽 다리가 떨어져 나간 채 먼지에 쌓여 다락방에 방치돼 있었다. 그녀는 살이 빠지고 얼굴도 초췌해졌기에, 거리에서 마주치는 사람들도 예전과는 다르게 그녀를 쳐다보지도 미소를 지어보이지도 않았다. 좋았던 시절은 이미 지나가서 과거의 일이 되어버렸으며, 이제는 미리 생각해보지 않는 게 차라리 더 나을 미지의 새로운 삶이 시작되고 있는 것이 분명했다.

저녁이 되어 현관 계단에 앉아있을 때면 〈티볼리〉 극장에서 음악을 연주하는 소리와 폭죽 터지는 소리가 들려왔다. 하지만 그런 소리들은 이미 그녀의 마음속에 어떠한 생각도 불러일으키지 못했다. 그녀는 자기 집의 텅 빈 마당을 아무 생각도 아무 희망도 없이 멍하니 바라보았으며, 그러다가 밤이 되면 잠자리에 누운 후 꿈속에서도 텅 빈 마당을 보았다. 그녀는 마치 어쩔 수 없이 먹고 마시며 삶을 유지하는 듯했다.

하지만 무엇보다도 더 나빴던 것은, 이제 그녀가 더 이상 어떠한 의견도 가지지 못하게 되었다는 사실이었다. 자기 주위의 대상들이 보이면 거기서 무슨 일이 벌어지고 있는지는 모두 이해했지만, 그것에 대해 어떤 의견을 가져야할지 무슨 말을 해야 할지는 전혀 몰랐다. 어떤 것에 대해 자신의 의견이 전혀 없다는 것은 얼마나 끔찍한 일인가! 예를 들어, 여기에 유리병이 있다거나 비가 온다거나 농부가 수레를 타고 간다는 것은 누구에게나 보이지만, 이 유리병이나 비나 농부가 무엇을 위해 존재하며 그것들에 어떠한 의미가 있는지에 대해서는 아무 말도 못하며 나아가 설사 천 루블을 준다 해도 할 수 있는 말이 전혀 없는 경우도 있다. 꾸낀이나 뿌스또발로포나 그 후 수의사와 함께 살았을 때는 그녀도 모든 것을 설명할 수 있었고 어떤 일에 대해서든 자신의 의견을 말할 수 있었지만,

지금 그녀의 머릿속과 가슴 속은 집 마당처럼 텅 비어 있었다. 그것은 그녀에게 마치 쑥을 왕창 집어 먹은 것처럼 아주 끔찍하고도 괴로운 느낌이었다.

도시는 점차 사방으로 넓어지고 있었다. 집시 임시 정착촌은 이미 집시 거리라는 공식 명칭으로 불리고 있었으며, 〈티볼리〉 극장과 목재 창고가 있던 곳들에는 집들이 많이 들어서서 그에 따라 골목길들도 생겨났다. 시간은 쏜살같이 흘렀다! 지붕에는 녹이 슬고 헛간은 한쪽으로 기울었으며 마당 전체에 잡초와 따가운 엉겅퀴가 가득 자라났기에 올렌까의 집은 우중충해졌다. 올렌까 자신도 나이가 먹어가면서 사람이 둔해졌다. 여름이면 그녀는 여전히 공허하고 쓸쓸하며 쓰디쓴 영혼을 지니고 현관 계단에 앉아 있었다. 겨울이면 창가에 앉아 눈 내리는 것을 바라보았다. 봄바람이 불어오기 시작하고 그 바람에 실려 교회의 종소리가 들려오기라도 하면 갑자기 과거의 추억들이 밀려들어 가슴이 달콤하게 조여 오고 눈에서는 눈물이 쏟아져 내리기도 했지만, 그런 것은 잠시였고 그 다음엔 왜 사는지 모르겠다는 공허함이 또다시 그녀의 가슴을 채우곤 했다. 검은 고양이 브리스까가 그녀에게 몸을 비벼대며 부드럽게 야옹야옹 소리를 내곤 했지만 고양이의 그런 응석도 올렌까의 마음을 움직이지는 못했다. 그런 응석이 그녀에게 필요했겠는가? 그녀에게는 영혼과 이성을 포함한 자신의 존재 전체를 사로잡을 수 있고, 삶에 대한 생각과 나아갈 방향을 제시해 줄 수 있으며, 자신의 늙어가는 피를 따뜻하게 해줄 수 있는 사랑이 필요했던 것이다. 그랬기에 그녀는 옷자락에서 브리스까를 떼어내면서 짜증스러운 목소리로 말하곤 했다.

"저리 가, 저리 가라고…. 필요 없어!"

그렇게 하루에 또 하루가 지나고 한 해에 또 한 해가 흘러갔다. 아무런 기쁨도 느끼지 못하고 아무런 자신의 의견도 가지지 못한 채 흘러간 시간이었다. 하녀 마브라가 말하는 것은 뭐든 그대로 하도록 내버려 두었다.

무덥던 7월의 어느 날 저녁 무렵이었다. 길을 따라 도시의 가축들을 몰아대느라 올렌까의 집 마당이 온통 먼지 구름으로 뒤덮였을 때 갑자기 누군가 대문을 두드리는 소리가 났다. 올렌까는 문을 열어주러 직접 나갔다. 누구인지 쳐다본 순간 그녀는 바로 멍해졌다. 대문 뒤에 이미 머리가 하얗게 센 수의사 스미르닌이 제복을 입고 서 있었기 때문이다. 갑자기 그와의 모든 일들이 떠오르면서, 그녀는 참지 못하고 울음을 터뜨리며 한 마디 말도 못한 채 그의 가슴에 얼굴을 파묻었다. 심한 흥분 속에 있었기에 그녀는 둘이 어떻게 집 안으로 들어왔고 어떻게 차를 마시러 자리에 앉았는지도 의식하지 못할 지경이었다.

"사랑스러운 사람!"

기쁨에 몸을 떨며 그녀가 중얼거렸다.

"블라지미르 쁠라또늬치! 이게 대체 어떻게 된 일이에요?"

"나는 이곳에 완전히 눌러 앉아 살고 싶어요."

그가 얘기했다.

"군 생활은 접었고, 이제 내 뜻대로 행복한 삶을 이루어 보고 한 곳에 정착해 살고 싶기도 해서 이곳에 온 겁니다. 게다가 아들 녀석도 이젠 중학교에 넣어야 할 때가 되었고요. 다 컸지요. 그리고 말인데, 난 아내와 화해했습니다."

"그런데 부인은 어디 있나요?"

"아내는 아들과 함께 여관에 있고, 난 이렇게 돌아 다니면서 셋방을 구하고 있는 중입니다."

"아이고 세상에, 이보세요, 그냥 내 집에 사세요! 셋방이 아니라서 문제될 거라도 있나요? 아 참, 그리고 당신 가족한테선 한 푼도 안 받을게요."

올렌까는 흥분해서 다시 울기 시작했다.

"당신 가족이 이 본채를 쓰세요, 나한텐 별채로도 충분해요. 아, 정말 기뻐요!"

이미 다음 날부터 집 지붕에 페인트칠을 하고 벽은 하얗게 칠하는 작업이 시작되었다. 올렌까는 양 손을 허리춤에 걸친 채 마당을 이리저리 다니면서 지시를 내렸다. 예전과 같은 미소가 그녀의 얼굴에서 빛나기 시작했으며, 마치 오랜 잠에서 깨어난 것처럼 그녀의 몸 전체가 다시 살아나고 혈색도 좋아졌다.

수의사의 아내가 왔다. 마르고 얼굴이 밉상인 여자였는데 머리는 짧았고 얼굴 표정은 까다로워 보였다. 같이 온 소년 싸샤는 이미 열 살이었지만 나이에 비해 키가 작았고 통통했으며 선명한 푸른 눈에 양 볼에는 보조개가 파여 있었다. 소년은 마당에 들어서자마자 고양이를 쫓아 달려갔는데, 곧 이어 그의 명랑하고 즐거워하는 웃음소리가 들려왔다.

"아줌마, 얘는 아줌마 고양이에요?"

소년이 올렌까에게 물었다.

"얘가 새끼들을 낳으면 우리한테도 한 마리 주세요. 엄마가 쥐를 엄청 싫어하거든요."

올렌까는 소년과 얘기를 나눈 후 차를 마시게 했다. 그러자 소년이 마치 자신의 친아들인 것처럼 가슴이 갑자기 따뜻해지고 달콤하게 조여 왔다. 그리고 저녁에 소년이 식당에 앉아 학교에서 배운 것을 복습하고 있을 때 그녀는 감동과 연민의 감정을 함께 품고 그를 바라보면서 속삭였다.

"귀여운 녀석, 예쁘기도 하지…. 얘야, 넌 참 영리하게 태어났구나. 피부도 참 뽀얗고!"

"육지의 한 부분으로서 사방이 물로 둘러싸인 것을 섬이라고 부른다."

소년이 읽어 내려갔다.

"육지의 한 부분으로서…"

올렌까도 따라 말했다. 그것은 그녀가 참으로 오랜 시간 동안의 침묵과 정신적 공허함 이후에 최초로 확신을 가지고 입 밖에 낸 의견이었다.

이렇게 그녀는 자신의 의견이라는 것을 가지게 되었다. 그녀는 저녁을 먹으면서 요즘은 아이들이 중학교 공부를 따라가기 힘들지만 어쨌든 중학교[10]를 졸업하면 의사가 되든 기술자가 되든 어디로든 길이 열려있기에, 고전적인 체계로 교육하는 중학교에 보내는 것이 직업 교육 학교에 보내는 것보다는 낫다는 점에 대해 싸샤의 부모와 얘기했다.

싸샤는 중학교를 다니기 시작했다. 그의 어머니는 하리꼬프에 사는 자기 언니한테 가서 돌아오지 않고 있었다. 그의 아버지는 가축 떼를 살피러 매일 어딘가로 나갔으며, 3일씩 집에 돌아오지 않을 때도 있었다.

---

10) 여기서의 중학교란 러시아어로 '김나지야(гимназия)'이며 당시 10세 무렵에 입학하여 8년의 교육을 받고 졸업하면 그 후 자신의 희망에 따라 바로 직업을 가지거나 혹은 대학에 입학하여 학업을 이어갈 수도 있는 교육 기관이었다. 대략적으로 현재 우리의 중학교와 고등학교를 합친 교육 체계에 상응하기에 '중고등학교'로도 이해할 수 있으나, 당시의 러시아에는 고등학교라는 체제가 없었기에 이 책에서는 편의상 중학교로 번역하였다.

올렌까에게는 싸샤가 자기 가정에서 거추장스러운 존재로 취급받아 완전히 버려진 것처럼 보였으며, 따라서 굶주려 죽을 수도 있다고 생각했다. 그래서 그녀는 싸샤를 자기가 사는 별채로 옮겨서 그곳의 작은 방에서 생활하도록 했다.

싸샤가 그녀의 별채에서 산지도 벌써 반년이 흘렀다. 매일 아침 올렌까가 그의 방으로 들어가 보면 그는 한쪽 뺨 밑에 손을 괸 채 마치 숨도 안 쉬듯 곤히 자고 있었다. 그녀는 안타까워하며 그를 깨웠다.

"싸셴까."

그녀가 애처로워하는 목소리로 말했다.

"얘야, 어서 일어나야지! 학교 갈 시간이란다."

싸샤는 일어나 옷을 입고 기도를 한 후에 차를 마시러 식탁에 앉았다. 차 석 잔을 마시면서 커다란 가락지 형태의 빵 두 개와 버터를 바른 롤빵 반쪽을 먹었다. 그러면서도 아직은 잠에서 완전히 깨어나지 못해 멍한 상태로 앉아 있곤 했다.

"그런데 싸셴까, 학교에서 배운 우화(寓話)를 잘 외우지 못했더구나."

올렌까는 마치 먼 길을 떠나는 사람을 배웅하는 것 같은 눈길로 그를 바라보며 말하곤 했다.

"너 때문에 걱정이란다. 얘야, 좀 더 노력해서 공부해야 한다…. 선생님 말씀도 잘 듣고."

"아이, 제발 그만 좀 하세요!"

싸샤는 늘 이런 식으로 대꾸했다.

그러고 나서 키도 작은 아이가 커다란 모자를 쓴 채 어깨에는 학생가방을 메고 학교 가는 길에 들어섰다. 그러면 올렌까도 조용히 그의 뒤를 따라갔다.

"싸셴까!"

그녀가 이름을 불러 그가 돌아보면 그녀는 그의 손에 대추야자 열매나 캐러멜을 쥐어주곤 했다. 중학교가 있는 골목길로 접어들면 싸샤는 키가 크고 통통한 여자가 자기 뒤를 따라오고 있다는 사실이 부끄러워서 몸을 돌려 말하곤 했다.

"아줌마, 이제 그만 집으로 가세요. 여기서부턴 나 혼자 갈 거예요."

그러면 그녀는 그 자리에 멈춰 서서 아이가 학교문 안으로 사라질 때까지 꼼짝 않고 바라보았다. 아,

그녀가 싸샤를 얼마나 사랑했는지! 그녀는 과거에 몇 번의 애착을 경험했지만 그 중 어떤 것도 이처럼 깊은 것은 없었으며, 그녀의 영혼이 점점 더 강해지는 모성 본능에 불타오르고 있는 지금처럼 아무런 욕심도 없이 헌신적으로 자신을 바치는 기쁨에 빠진 적도 없었다. 자신의 자식도 아닌 이 소년을 위해서라면, 뺨에 보조개가 파이고 학생가방을 멘 이 소년을 위해서라면, 그녀는 기쁘게 감동의 눈물을 흘리며 자신의 모든 삶을 바칠 수 있었다. 왜냐고? 왜 그런지 대체 누가 알 수 있으랴?

싸샤를 학교까지 바래다주고 난 후면 그녀는 아주 만족스럽고도 평안하며 사랑에 가득 찬 마음으로 천천히 집에 돌아오곤 했다. 이 반년 동안 젊어진 그녀의 얼굴에서는 밝은 미소가 떠나지 않았다. 마주치는 사람들은 그녀를 볼 때마다 기뻐하며 말을 걸어오곤 했다.

"안녕하세요, 귀여운 올가 세묘노브나! 요새 어떻게 지내세요?"

올렌까는 시장터에서 이렇게 말을 했다.

"요즘은 중학교 공부도 힘들어졌답니다. 어제는 1학년 수업에서 우화 한 편 외워오기와 라틴어 번역에다 수학 문제까지 숙제로 내 주었으니 이게 말이 되나요…. 어린애한테 너무 부담스럽잖아요?"

그리고 그녀는 교사들, 수업 내용, 교과서에 대해 얘기하기 시작했다. 싸샤가 그녀에게 말해 준 내용 그대로였다.

오후 두시가 넘으면 싸샤와 올렌까는 함께 점심을 먹었고, 저녁에는 둘 다 울음이 나올 정도로 힘든 학교 숙제도 함께 했다. 그녀는 그를 침대에 눕히며 오랫동안 성호를 긋고 기도문을 중얼거렸다. 그러고 나서는 자신도 침대에 누워 싸샤가 학업을 끝낸 후 의사나 기술자가 되고, 말과 사륜마차가 딸린 저택도 가지며, 결혼해서 자식도 낳게 될 멀고도 희미한 미래에 대한 몽상에 잠겼다. 그녀는 이와 같은 생각을 계속하면서 잠들곤 했는데, 감은 두 눈에서는 눈물이 흘러내려 있었다. 검은 고양이 브리스까는 그녀 곁에 누워 가르랑거렸다.

갑자기 대문을 세차게 두드리는 소리가 들렸다. 잠

에서 깨어난 올렌까는 공포 때문에 숨이 멎을 지경이었다. 심장이 심하게 고동쳤다. 30초쯤 지나자 문 두드리는 소리가 다시 났다. 그녀는 온 몸을 떨며 생각했다.

'하리꼬프에서 온 전보구나. 싸샤 엄마가 아이를 하리꼬프로 보내라고 요구하는 전보겠지…. 아, 이를 어쩌지!'

그녀는 절망 상태가 되었다. 머리와 팔다리가 모두 싸늘해졌다. 세상에서 자기보다 더 불행한 사람은 없을 것처럼 여겨졌다. 하지만 1분의 시간이 더 흐르자 목소리가 들렸다. 수의사가 클럽에서 돌아왔던 것이다.

'오, 하나님 감사합니다!'

그녀는 생각했다.

가슴 속에서 무거운 짐이 차츰 떨어져 나가고 마음이 다시 편안하게 되었다. 그녀는 옆방에서 곤히 잠든 싸샤를 생각하며 잠자리에 들었다. 싸샤가 잠꼬대하는 소리가 가끔씩 들려왔다.

"너 가만 안 두겠어! 저리 꺼져! 엉겨 붙지 말라니까!"

상자 속의 인간

시간이 지체되어 밤이 되자 사냥꾼들은 미로노시쯔꼬예 마을의 제일 끝자락에 있는 마을 촌장 쁘로꼬피의 집 헛간에서 하룻밤을 보내게 되었다. 그들은 둘이었는데, 수의사 이반 이바늬치와 중학교 교사 부르낀이었다. 이반 이바늬치는 침샤-기말라이스끼라는 아주 이상하고 자신에게 전혀 어울리지 않는 복성(複姓)을 가지고 있었기에, 이 마을뿐만 아니라 현(縣) 전체의 사람들은 모두 그를 그냥 이름과 부칭(父稱)으로 이반 이바늬치라고만 불렀다. 그는 이 고장 근처 말 사육장에서 기거하고 있었는데, 오늘은 바람이나 쐬어볼까 해서 사냥을 나왔다. 한편 중학교 교사인 부르낀은 여름마다 어느 백작 댁을 방문해 거기 머물기도 했는데, 이 지역에서는 이미 오래전부터 토박이나 다름없는 사람이었다.

두 사람은 잠을 이루지 못했다. 키가 크고 긴 콧수염에 깡마른 체격의 노인 이반 이바늬치는 헛간 입구 바깥쪽에 앉아 파이프 담배를 피우고 있었다. 달빛이 그를 비추었다. 부르낀은 헛간 안쪽 건초 위에 누워 있었으며 어둠 속이라 그의 모습이 보이지는 않았다.

두 사람은 이런 저런 이야기를 나누었는데, 그러다가 다소 뜬금없이 촌장의 아내인 마브라에 대한 이야기가 화제에 올랐다. 그녀는 건강하고 머리도 둔하지 않았지만 이 마을 밖으로 나가 본 적은 평생 한 번도 없고 도시나 철도도 본 일이 없으며 최근 10년 동안은 늘 벽난로 옆에만 앉아 지내면서 밤에만 밖에 나간다는 것이었다.

"이게 뭐 놀랄 일이라도 되겠습니까!"

부르낀이 말했다.

"세상에는 천성이 고독하고 소라게나 달팽이처럼 자신의 껍데기 속으로 후퇴해 들어가려 애쓰는 사람들이 적지 않습니다. 이것은 인류의 조상이 아직 사회적인 동물이 되지 못해서 홀로 자신의 동굴에 틀어박혀 살던 시대로 돌아가고자 하는 욕구가 오랜 세월 후에 다시 나타난 현상일 수도 있으며, 또는 다양한 인간 성격들 중 하나에 지나지 않을 수도 있습니다. 누가 알겠어요? 나는 자연과학자가 아니라서 이와 유사한 문제들에 대해 자세히 언급할 수는 없지만, 마브라와 같은 사람들이 그리 드물지는 않다는 점만은 말하고 싶네요. 뭐 멀리서 찾을 필요도 없이, 두 달 전쯤에 우리 고장에서 사망한 그리스어 교사이자 내 동료였던 벨리꼬프라는 사람도 이와 같은 예입니다.

아저씨도 이 사람에 대해 들어본 적이 분명히 있을 겁니다. 그는 참 특이한 사람이었죠. 외출할 때면 언제나 방수용 고무 덧신을 신고 우산을 소지했으며 속에 솜을 두른 따뜻한 외투를 꼭 챙겨 입었죠. 날씨가 아주 화창한 날에도 말입니다. 우산은 자루에 넣고 시계는 사슴 가죽으로 만든 회색 자루 속에 넣었죠. 게다가 연필 깎는 주머니칼을 꺼내는 걸 보니까, 그것도 작은 자루 속에 들어 있더라고요. 이 사람은 늘 옷깃을 세워 올리고 그 속에 얼굴을 감추고 다녔기에 얼굴도 자루 속에 들어 있는 것처럼 보였습니다. 어두운 색깔의 안경을 끼고 두툼한 재킷을 입은 채 귀까지 솜으로 틀어막고 다녔으며 마차를 타면 마부에게 휘장을 치라고 지시했습니다.

한 마디로 말해 이 사람에게는 극복하기 힘든 하나의 욕망이 항상 존재한다는 사실이 엿보였는데, 그건 어떤 덮개로라도 자신을 둘러싸고자 하는 욕망, 다시 말해 자신을 격리시켜 외부의 영향으로부터 보호할 수 있는 상자와 같은 것을 만들어내고자 하는 욕망이었습니다. 현실은 그를 화나게 하고 놀라게 했으며 끊임없는 불안에 시달리도록 만들었습니다. 그랬기에 그는 아마도 현실에 대한 증오와 자신의 소심함을 정당화하기 위해, 과거의 것들 혹은 지금껏 한 번도 존재하지 않았던 것들을 늘 찬미했던 것 같습니다. 그가 가르치던 고대어(古代語)들도 사실 그에게는 현실의 삶으로부터 숨어버릴 수 있는 방수용 고무 덧신이나 우산과 똑같은 존재였던 것이지요.

'아아, 그리스어는 얼마나 듣기 좋고 아름다운 말인가!'

그는 달콤한 표정으로 이렇게 말하곤 했습니다. 그러고는 자신의 말을 증명이라도 하려는 듯 눈을 가늘게 뜬 채 손가락 하나를 들어 올리고는 '안트로포스![1]'라는 발음을 하곤 했습니다.

그는 자신의 생각도 상자 속에 가두어 두려고 애썼습니다. 그에게 분명했던 것은 무언가를 금지한다는 말이 적혀 있는 정부의 관보(官報)라든가 신문 기사들뿐이었습니다. 학생들의 밤 아홉 시 이후 외출을 금지한다는 말이 관보에 적혀 있거나, 육체적인 사랑은 금지되고 있다고 어떤 신문 기사에 적혀 있기라도 하면, 그것은 그에게 명백하고도 의심의 여지가 없는 사실로 느껴졌습니다. 금지되었다면 그것으로 충분하다는 거지요. 그에게 허가나 허락이라는 것은 항상 무언가가 충분히 표현되지 못한 모호한 개념이었으며 따라서 의심스러운 요소가 숨어 있는 것처럼 보였습니다. 그러다 보니 이 고장에 연극 모임이나 독서실, 혹은 찻집 등이 허가가 나면 그는 고개를 저으며 나지

1) 그리스어 단어로서 '인간'이라는 뜻.

막이 말하곤 했습니다.

'물론 그런대로 괜찮긴 해. 다 좋은 것들이지. 하지만 무슨 일이 생기지는 말아야 할 텐데.'

모든 종류의 질서 위반, 규칙 회피나 탈선 등은 그를 침울하게 만들었지요. 사람들 눈에는 그와는 상관없는 일들처럼 보여도 말입니다. 동료들 중 누군가가 기도회에 늦었다든가, 학생들이 못된 장난을 했다는 소문이 들리든가, 여학교 사감 선생님이 밤늦게 어떤 장교와 함께 가는 것을 보았다는 말이 들리기라도 하면, 그는 매우 걱정을 하며 '무슨 일이 생기지는 말아야 할 텐데'라고 연신 얘기하는 것이었습니다.

그는 교직원 회의에서도 여자중학교와 남자중학교 모두 아이들의 행실이 나쁘다느니, 수업 시간에 너무 떠든다느니, 아이고 이 사실이 당국에 알려지면 안 될 텐데, 이 문제 때문에 무슨 일이 생기지는 말아야 할 텐데, 2학년에서는 뻬뜨로프를 퇴학시키고 4학년에서는 예고로프를 퇴학시키면 문제가 아주 잘 해결될 텐데 등의 말을 늘어놓으며 그 특유의 조심성과 의심하기 좋아하는 성격, 그리고 상자처럼 꽉 막힌 생각들로 우리를 무진장 괴롭히기도 했습니다. 그러니 어떻게 되었을까요? 연신 내쉬는 한숨과 푸념 소리, 족제비처럼 작고도 창백한 얼굴에 걸친 어두운 색깔의 안경으로 우리 모두를 압박하다보니 결국 우리가 양보를 하고 말았죠. 우리는 삐뜨로프와 에고로프의 품행 점수를 깎고 정학 처분을 내렸다가 끝내는 퇴학을 시키고 말았습니다.

이 사람에게는 동료들의 집을 방문하는 이상한 습관도 있었습니다. 동료 교사의 집에 오면 자리에 앉은 후 말없이 무언가를 탐색하듯 둘러봅니다. 이런 식으로 한두 시간 조용히 앉아 있다가 가버리는 겁니다. 그는 이런 행동을 '동료들과의 좋은 관계를 유지하는 방법'이라고 불렀는데, 우리들 집에 와서 앉아 있는 것은 그에게도 분명히 힘든 일이었을 겁니다. 그런데도 그가 이런 방문을 한 건 그걸 동료로서의 의무라고 생각했다는 오직 한 가지 이유 때문이었지요.

우리 교사들은 그를 두려워했습니다. 교장조차도 그를 두려워했을 정도였지요. 생각해 보세요. 우리 교사들은 뚜르게네프나 세드린에게서 영향 받으며 교육된, 사려 깊고 아주 점잖은 사람들이었지만, 그럼에도 불구하고 항상 방수용 고무 덧신을 신고 우산을 가지고 다니는 이 사람이 15년 내내 중학교 전체를 자기 손아귀에 넣고 있었다는 말입니다! 중학교뿐이겠어요? 이 고장 전체가 그의 손아귀에 있었습니다. 부인네들은 토요일마다 열고자 했던 가정 연극을 하지 못했습니다. 그가 알게 될까봐 두려웠던 거지요. 성직자들도 그가 있는 데서는 고기를 먹거나 카드놀이를 하려 들지 못했습니다. 벨리꼬프와 같은 인간들의 영향 때문에 우리 고장 사람들은 최근 10년, 아니 15년 동안 모든 것을 두려워하게 되었습니다. 큰 소리로 얘기하거나, 편지를 보내거나, 누군가와 친교를 맺거나, 책을 읽거나, 심지어 가난한 사람들을 돕거나 기초적인 글 읽기와 쓰기를 가르치는 일조차도 두려워하게 되었죠….”

이반 이반늬치는 무슨 말을 하고 싶은 듯 기침을 한 번 했다. 그 다음엔 우선 파이프 담배를 피워 문 후 달을 흘끗 쳐다보더니 띄엄띄엄 말하기 시작했다.

“그랬군요. 셰드린, 뚜르게네프, 그리고 외국의 버

클리 같은 사람 등의 글까지 읽었다는 사려 깊고 점잖은 사람들이 굴복을 하고 참아내야 했던 거군요….
바로 그런 게 인간 삶의 문제이지요."

"벨리꼬프는 나와 같은 건물에서 살았습니다."

부르낀이 말을 이어갔다.

"더구나 우리 둘의 집이 같은 층에서 서로 마주보고 있었기에 자주 마주칠 수밖에 없었고, 때문에 나는 집에서의 그의 생활을 알고 있었습니다. 집에 있을 때도 그의 삶은 변함이 없었습니다. 잠옷, 둥근 실내모자, 덧창, 빗장, 그리고 온갖 종류의 금지와 제한들이 존재했죠. 그러고는 '아아, 무슨 일이 생기지 말아야 할 텐데!'라고 말을 하는 겁니다. 사순절 재계(齋戒) 기간의 음식만으로 사는 것은 그의 건강에 좋지 않았지만, 그렇다고 육식을 할 수는 없었습니다. 그렇지 않으면 아마도 그가 재계를 지키지 않는다는 말을 듣게 될 테니까요. 그래서 그는 재계 음식도 아니고 그렇다고 해서 육식이라고 할 수도 없는 버터 바른 농어를 먹었습니다. 그는 사람들이 무슨 나쁜 생각이라도 할까봐 두려워해서 여자 하녀를 두지 않았고 대신에 예순 살쯤 된 아파나시라는 노인을 요리사로 썼습니다. 그는 술에 절어서 사는 멍청한 노인이었는데, 한때 군대에서 장교의 당번병으로 일했기에 그럭저럭 요리를 할 줄 알았습니다. 아파나시는 대개 팔짱을 낀 채 문간에 서 있었는데, 한숨을 쉬며 항상 똑같은 말을 중얼거렸습니다.

'요새는 저런 사람들이 정말 많아졌단 말이야!'

벨리꼬프의 침실은 마치 상자처럼 작았고 침대에는 휘장을 쳐 놓았더군요. 그는 잠자리에 들 때는 이불을 머리끝까지 뒤집어쓰곤 했습니다. 그러니 덥고 숨이 막혔겠지요. 게다가 잠긴 문은 바람이 불 때마다 덜컹거리고, 뻬치까 안에서는 탁탁 소리를 내며 불이 타오르고, 부엌에서는 아파나시의 불길한 한숨 소리가 들려왔으니….

그는 이불을 뒤집어쓰고서도 무서워했습니다. 무슨 일이 생기지나 않을까, 아파나시가 자기를 찔러 죽이지나 않을까, 도둑이 들어오지나 않을까 등등의 생각을 하며 두려워했고, 그런 다음에는 잠이 들어서도 밤새도록 불안한 꿈을 꾸었습니다. 아침에 함께 학교에 출근할 때 보면, 그는 얼굴이 창백했고 답답해하는 표정을 짓고 있었습니다. 사람들로 들끓는 학교는 그라는 존재 전체에게 끔찍하고도 혐오스러운 곳이라는 점과 천성이 고독한 그에게는 나와 나란히 걸어가는 것 역시 부담스러운 일이라는 점이 엿보였습니다.

'교실 안은 벌써 엄청 소란스럽겠군요. 도대체 어찌 그럴 수가 있는지.'

그는 자신의 무거운 마음의 원인을 설명하려는 듯이 이렇게 말하곤 했지요.

그런데 믿으실지 모르겠지만, 이 그리스어 선생, 상자 속에 들어있는 이 사람이 장가를 갈 뻔했답니다."

이반 이바느치는 고개를 획 돌려 헛간 안쪽을 쳐다보며 말했다.

"농담이겠죠!"

"참 이상하게 보이긴 하지만, 그가 장가갈 뻔했던 것은 사실입니다. 역사와 지리 과목을 담당할 미하일 사비치 꼬발렌꼬라는 새로운 교사가 우리 학교에 부임해 왔습니다. 소(小)러시아[2] 출신의 사람이었고 혼자가 아니라 바렌까라는 누나와 함께 왔지요. 그는 젊고 키가 크며 얼굴빛은 거무스름하고 손은 큼지막했습니다. 얼굴 생김만으로도 굵직한 목소리의 소유자일 것 같다는 느낌이었는데, 말할 때 보니 실제로 나무 통 두드릴 때와 같은 소리가 나더군요. 누나는 서른 살쯤 된 그리 젊지 않은 여자였는데, 그녀 역시 키가 컸으며 몸매는 날씬했고 검은 눈썹에 뺨은 불그스름했습니다. 그런데 그녀는, 한 마디로 말해, 보통 처녀가 아니라 설탕으로 버무린 마멀레이드 같은 여자였습니다. 아주 활달하고도 소란스러운 여자여서 늘 소러시아의 로망스를 부르고 깔깔거렸습니다. 무슨 일이라도 생기기만 하면 곧 높은 목소리로 '하-하-하'라고 소리 내어 자지러지게 웃곤 했습니다.

제가 처음으로 꼬발렌꼬와 그의 누나를 확실하게 알게 된 것은 교장 선생님 댁에서 열렸던 명명일 파티 자리였던 것으로 기억합니다. 어느 명명일 파티이건 의무상 참석하곤 했던 교사들은 그날 역시 뚱하면서도 긴장한 듯 갑갑한 표정을 짓고 있었는데, 새로운

2) 현재의 우크라이나.

아프로디테가 물거품 속에서 태어나는 것이 보였습니다. 바렌까는 양 손을 허리에 얹은 채 방 안을 돌아다니며 깔깔거렸고, 노래를 부르고 춤까지 추더군요…. 그녀는 감정을 듬뿍 담아 〈바람이 분다〉라는 노래를 부르더니 그 다음엔 로망스, 또 그 다음엔 다른 노래를 불러서 우리 모두를 매혹시켰죠. 벨리꼬프까지도 말이죠. 그는 바렌까 옆에 가서 앉더니 다정하게 미소 지으며 말했습니다.

'소러시아의 부드럽고 상큼한 울림은 고대그리스어를 상기시키는군요.'

이 말이 흡족했던지 그녀는 감정을 담아 아주 진지하게 그에게 얘기를 시작했습니다. 가쟈츠끼[3] 군(郡)에 자신들의 영지 마을이 있으며 엄마가 거기 살고 계신데, 그 마을에서는 정말 좋은 배, 참외, 호박이 생산된다는 얘기였지요. 러시아에서는 호박을 띄끄바라고 부르지만 소러시아에서는 까바끄라고 부르며, 한편 러시아에서는 까바끄가 선술집이라는 뜻이지만

3) 소러시아(현재의 우크라이나)의 뽈따바 현(縣)에 소속된 군들 중의 하나.

소러시아에서는 선술집을 쉬노꼬라고 부르고, 러시아와는 다르게 소러시아에서는 붉은 토마토와 푸른 가지를 넣어서 보르쉬를 끓이는데 정말 기가 막힐 정도로 맛있다는 얘기도 했습니다.

귀가 솔깃해서 계속 얘기를 듣는 동안 우리 모두에게는 똑같은 생각이 떠올랐습니다.

'저 두 분을 결혼시키면 좋겠어요.'

교장 부인이 내게 나지막이 말했습니다.

벨리꼬프가 독신이라는 생각이 왠지 우리 모두에게 떠올랐던 겁니다. 우리가 그의 삶에서 그토록 중요한 세부사항을 놓친 채 완전히 잊어버리고 있었다는 게 새삼 이상하게 느껴졌습니다. 여자에 대한 그의 태도는 어떨까? 자신에게 절실한 이 문제를 그 자신은 어떻게 해결할까? 예전에는 이런 것들이 전혀 우리의 관심거리가 아니었습니다. 날씨가 어떻든 무조건 방수용 고무 덧신을 신고 다니며 밤이면 휘장을 친 침대에서 자는 이 사람이 사랑을 할 수 있을 거라곤 생각조차 해보지 않았으니까요.

'저 선생은 사십을 넘긴 지 이미 오래 되었잖아요.

그리고 저 여자는 서른인데…. 내가 보기엔 저 여자라면 벨리꼬프 선생한테 시집을 갈 것 같아요.'

교장 부인이 자기 생각을 풀이해서 말했습니다.

우리 고장에서는 사람들이 심심해서인지 불필요하고도 부질없는 일들을 얼마나 많이 합니까! 그리고 이건 그들이 실제로 필요한 일들은 전혀 안 하기 때문이기도 합니다. 신랑이 될 수 있다는 상상의 대상조차 되지 못하는 이 벨리꼬프라는 사람을 결혼시킬 필요가 갑자기 생겨났던 것도 바로 이런 부질없는 이유 때문이 아니겠습니까? 교장 부인과 장학사 부인을 비롯하여 학교의 모든 여자 교사들까지 마치 삶의 목표를 갑자기 발견한 듯 활기를 띠었고 심지어 더 예뻐지기까지 했습니다. 교장 부인이 극장의 특별석에 앉아 있으면, 얼굴에 기쁨과 행복감을 담은 바렌까도 부채를 손에 쥔 채 그 줄에 앉아 있는 것이 눈에 띄곤 했습니다. 그리고 그녀 바로 옆에는 키가 작고 등이 좀 굽은 벨리꼬프가 마치 자기 집에서부터 억지로 끌려 나온 듯한 모습으로 앉아 있곤 했습니다.

제가 파티를 여는 날이면 부인들은 바렌까와 벨리

꼬프를 꼭 초대하라고 요구했습니다. 한마디로 말해서, 기계가 작동하기 시작한 거지요. 바란까 자신도 결혼에 반대하지는 않는 것으로 보였습니다. 동생 집에 산다는 게 그리 즐겁지는 않았기에, 오누이는 매일 싸우며 서로 욕을 퍼부었다고 하더군요.

둘이 다투던 장면을 하나 소개해 드리죠. 수놓은 셔츠를 입은 키가 크고 건장한 꼬발렌꼬가 길을 따라 걸어갑니다. 챙이 달린 모자 밑으로 앞머리를 이마까지 늘어뜨렸고 한 손에는 책 꾸러미를 들었으며 다른 손에는 옹이가 많은 지팡이를 쥐고 있습니다. 그 뒤를 역시 팔에 책들을 낀 바렌까가 따라갑니다. 그녀가 큰 소리로 말다툼을 시작합니다.

'미하일리크, 너 이 책 안 읽었잖아! 내가 맹세컨대, 넌 이 책을 안 읽은 게 분명해!'

'읽었다니까!'

꼬발렌꼬가 지팡이로 보도를 쿵 내리치며 소리칩니다.

'아이고 이런, 민치크! 원칙적인 얘기를 하는 것뿐인데 대체 왜 화를 내는 거니!'

'읽었다고 하잖아!'

꼬발렌꼬가 더 크게 소리를 지릅니다.

집에 있을 때도 두 사람은 누군가 외부인이 옆에 있을지라도 서슴지 않고 입씨름을 벌였습니다. 그러니 그녀도 아마 그런 삶에 진력이 났을 것이고 자기 나이도 고려할 때가 되었던 거지요. 이런 상황이었으니 그녀는 상대를 따지며 고를 시간도 없었고 누구라도 좋으니 결혼해야겠다는 심정이었던 겁니다. 그 상대가 그리스어 선생이라도 말이죠. 그리고 사실 요즘 아가씨들 중 대다수도 결혼만 할 수 있다면 누구든 상관없다는 생각을 하더군요. 어찌 됐든, 그녀는 우리의 벨리꼬프 선생에게 분명한 호감을 보이기 시작했습니다.

그렇다면 벨리꼬프는? 그는 우리들 집을 방문하는 것처럼 꼬발렌꼬네 집도 방문하곤 했습니다. 그 집에 가서는 의자에 앉아 잠자코 있기만 하는 겁니다. 그는 아무 말 안 했지만 바렌까는 그에게 〈바람이 분다〉라는 노래를 불러주거나, 생각에 잠겨 그 까만 눈으로 그의 얼굴을 응시하거나, 갑자기 '하-하-하'라고 자지러지게 웃곤 했습니다.

애정 문제, 특히 결혼에 있어서는 남들이 불어넣어 주는 생각이 큰 역할을 합니다. 동료 교사들과 이 고장의 부인들까지 모두들 그가 꼭 결혼해야 한다느니, 결혼 말고 그의 인생에서 더 이상 남은 과제는 없다느니 하면서 벨리꼬프를 설득하기 시작했습니다. 우리 모두는 그를 축하하면서 심각한 표정으로 '결혼은 인생의 진지한 발걸음입니다'와 같은 여러 가지 판에 박힌 말들을 해 주었습니다. 게다가 바렌까도 생김새가 괜찮은 편이었고 재미있는 여자였던 데다가 5등관의 딸이어서 영지로 물려받을 마을까지 가지고 있었습니다. 이보다 더 중요했던 것은 그녀야말로 그를 다정하고 성의 있게 대해준 첫 번째 여자였다는 점이었습니다. 그의 머릿속이 빙빙 돌기 시작하더니 마침내 그도 정말로 결혼을 해야겠다고 마음을 먹더라고요."

"자, 이제 방수용 고무 덧신과 우산을 치워버려도 될 때가 온 거군요."

이반 이바늬치가 말했다.

"그런데 말입니다, 그게 불가능해졌어요. 그는 자

기 방 책상 위에 바렌까의 초상화를 올려놓았고 연신 내 집으로 건너와서는 바렌까에 대해서, 가정생활에 대해서, 그리고 결혼은 인생의 진지한 발걸음이라는 말에 대해서 얘기를 했고, 한편으로는 꼬발렌꼬네 집도 자주 방문했습니다. 하지만 그렇다고 해서 그의 생활방식이 달라진 것은 조금도 없었습니다. 오히려 정반대로, 결혼 결심이 그에게 왠지 병적인 영향을 주어서 야위고 창백해졌으며, 예전보다 더 깊이 자신의 상자 속으로 후퇴해 들어간 것 같았습니다.

한번은 그가 약간 찡그린 미소를 지으며 내게 말하더군요.

'바르바라 사비쉬나는 내 마음에 듭니다. 그리고 결혼은 누구나 해야 한다는 건 나도 압니다. 하지만… 당신도 알다시피 이번 일은 왠지 갑작스러워서…. 생각을 좀 해봐야 할 것 같소.'

그래서 내가 말했죠.

'생각할 게 뭐가 있겠습니까? 결혼하세요, 그러면 그걸로 다 되는 겁니다.'

'아니, 그래도 결혼은 진지한 발걸음이니 장래의 의

무와 책임을 먼저 숙고해봐야 할 것 같소…. 나중에 무슨 일이 생기지 않도록 하려면 말이요. 이런 생각을 하다 보니 요즘은 밤새 잠을 못 이룬다오. 솔직히 말하자면 난 두렵소. 그 오누이는 뭔지 이상한 사고방식의 소유자들이어서, 당신도 알다시피 사물을 이상한 방식으로 판단한단 말이오. 바렌까의 성격 또한 아주 충동적이지요. 결혼 후에 불행한 상황에 빠질 수도 있어요.'

그래서 그는 청혼도 하지 못하고 계속 미루기만 했습니다. 교장 부인과 이 고장 부인들 모두에게는 참으로 실망스러운 일이었지요. 그는 계속해서 장래의 의무니 책임이니 하는 것들을 생각했지만, 그러면서도 한편으로는 거의 매일 바렌까와 산책을 했습니다. 아마 그는 자신의 입장에서는 당연히 그렇게 행동해야 한다고 생각했던 것 같습니다. 또한 가정생활에 대한 얘기를 하려고 내 집으로 건너오는 일도 계속 했습니다. 그렇게 흘러갔다면 십중팔구 그는 결국 청혼을 했을 것이고, 그렇게 되었다면 우리 고장에서 아무 할 일이 없는 나머지 심심풀이로 맺어지는 저 많은 불필요하고도 어리석은 결혼들 중 하나도 성사되었을 겁니다. 만일 그 추잡한 대사건이 발생하지 않았다면 말이죠. 여기서 일단 말해둬야 할 건, 바렌까의 남동생인 꼬발렌꼬는 서로 인사를 나눈 첫날부터 벨리꼬프를 싫어했고 참아내지 못했다는 점입니다.

'이해가 안 됩니다.'

그는 어깨를 으쓱하며 우리에게 말하곤 했습니다.

'고자질이나 좋아하는 저 인간과 그 불쾌한 낯짝을 여러분이 어떻게 참아내고 있는지 이해가 안 됩니다. 아휴, 여러분은 이런 곳에서 어떻게 살 수 있습니까! 이곳 분위기는 숨이 막히고 불쾌해요. 당신들이 교육자이고 교사인 게 맞습니까? 당신들은 학자인 척하는 사람들일뿐이며, 이 학교는 학문의 전당이 아니라 주민들을 감독하는 관청이에요. 게다가 파출소처럼 아주 시금털털한 냄새가 풍겨요. 형제들, 이건 잘못된 겁니다. 난 당신들과 조금 더 지낸 다음에 고향 마을로 돌아가서 가재를 잡고 소러시아 아이들을 가르칠 겁니다. 난 떠날 테니 당신들은 여기 남아서 저 유다 같은 놈과 지내세요. 빌어먹을 놈 같으니!'

그런가 하면 눈물이 날 때까지 깔깔거리고 웃기도 했습니다. 굵직한 목소리로 웃다가 또 그 다음에는 가느다랗고 높은 목소리로 웃거나 하면서 통 모르겠다는 듯 양팔을 벌리고 내게 묻는 겁니다.

'그 자가 왜 내 집을 방문해서 앉아 있는 겁니까? 앉아서 바라보기만 하니 대체 뭘 원하는 걸까요?'

그는 심지어 벨리꼬프에게 '거미'라는 별명을 붙였습니다. 그래서 우리는 당연히 그의 누나가 '거미'에게 시집가려 한다는 말을 그에게는 하지 않으려 했습니다. 그런데 하루는 교장 부인이 성실하고 모두로부터 존경받는 벨리꼬프와 같은 사람한테 누나를 시집보내면 좋겠다는 말을 슬쩍 던져보았더니 그가 미간을 찌푸리며 투덜댔다고 하더군요.

'그런 건 제가 상관할 바가 아닙니다. 독사한테라도 시집가든지 마음대로 하라고 하세요. 저는 남의 일에 끼어드는 걸 좋아하지 않습니다.'

그 후에 어떤 일이 있었는지 한 번 들어보세요. 어떤 장난꾸러기가 캐리커처를 그렸습니다. 방수용 고무 덧신을 신고 바지 단을 접어올린 벨리꼬프가 우산을 쓴 채 바렌까와 팔짱을 끼고 걸어가는 장면이었습니다. 캐리커처 아래에는 〈사랑에 빠진 안트로포스〉라는 제목이 있었습니다. 장면 표현이 기가 막혔고 놀라울 정도였으니 상상이 되십니까? 그 캐리커처를 그린 화가는 하루 이틀 작업한 게 아니었음이 틀림없습니다. 여학교와 남학교의 모든 교사들, 신학교의 교사들, 그리고 관리들까지 모두가 캐리커처 한 장씩을 받았으니까요. 벨리꼬프 자신도 한 장 받았습니다. 그 캐리커처는 그에게 대단히 고통스러운 인상을 주었습니다.

5월 1일 일요일이었습니다. 우리 학교의 교사와 학생들은 모두 학교 옆에 모였다가 함께 걸어서 교외의 숲으로 소풍을 가기로 약속한 날이었죠. 벨리꼬프와 내가 함께 집에서 나오는데 그는 얼굴이 새파랗게 질려 있었고 먹구름보다도 더 우울한 표정이었습니다. 그가 입술을 파르르 떨며 내뱉듯 말했습니다.

'세상엔 정말 못되고 사악한 인간들도 있군요!'

나는 그가 불쌍하게까지 느껴졌습니다. 계속 길을 가는데 꼬발렌꼬가 자전거를 타고 오는 모습이 문득 보였습니다. 그 뒤로는 바렌까도 역시 자전거를 타고 오고 있었는데, 상기된 얼굴이 많이 지쳐 보이긴 했지만 그래도 즐겁고 기쁜 표정이었습니다. 그녀가 소리쳤습니다.

'우린 먼저 갑니다! 날씨가 참 좋네요, 정말 좋아요. 진짜 기가 막힐 정도예요!'

그렇게 오누이는 우리 시야에서 사라졌습니다. 그런데 새파랗던 벨리꼬프의 얼굴이 백짓장처럼 하얗게 변하더니 몸도 완전히 굳어버리더라고요. 그는 걸음을 멈추고 나를 쳐다보았습니다….

'미안합니다만, 저게 대체 뭡니까?'

그가 물었습니다.

'아니면, 혹시 내 눈이 이상해진 건가요? 중학교 교사들과 여성들이 자전거를 타고 다닌다는 게 적절한 행동인가요?'

'적절하지 못할 게 뭐가 있겠습니까? 운동 삼아 타는 거니까 그냥 두면 돼요.'

내가 대답했습니다.

'아니, 저런 게 어떻게 가능하다는 겁니까? 지금 무

슨 말을 하는 거예요?'

그는 나의 태연한 대답에 몹시 놀라며 버럭 소리를 질렀습니다. 경악을 한 그는 더 이상 갈 마음이 없어졌는지 집으로 돌아가 버렸습니다.

다음날 그는 신경질적으로 계속 손을 비벼대며 몸을 부들부들 떨었습니다. 마음 상태가 좋지 않다는 것이 얼굴에서 보였습니다. 생전 처음으로 학교에도 결근하더군요. 식사도 하지 않았습니다. 그런데 저녁 무렵이 되자 밖은 완전히 여름 날씨였는데도 불구하고 따뜻하게 차려입고는 꼬발렌꼬네 집으로 간신히 느릿느릿 걸어갔습니다. 바란까는 집에 없어서 그는 그녀의 남동생과만 만나게 되었습니다.

'자, 부디 앉으시지요.'

꼬발렌꼬는 차갑게 말하며 눈썹을 찌푸렸습니다. 그는 잠에서 덜 깬 얼굴이었는데, 저녁을 먹고 나서 방금 전까지 한 숨 자던 중에 깨어야 했기에 기분이 아주 좋지 않은 상태였습니다.

벨리꼬프는 10분 정도 말없이 앉아 있다가 얘기를 꺼냈습니다.

'나는 오늘 마음을 달래볼까 해서 이렇게 당신 댁에 오게 되었습니다. 나는 지금 마음이 몹시 무겁습니다. 어떤 풍자 화가라는 자가 나와 한 명의 다른 분을 우스꽝스러운 모습으로 그렸습니다. 우리 둘 다에게 가까운 사이인 그 분을 말이죠. 나는 이 일에 아무 잘못이 없다는 점을 당신께 확인시켜드려야만 한다고 생각합니다…. 나는 이렇게 조롱당해야 할 구실을 만들어 준 적이 전혀 없습니다. 오히려 나는 늘 예의바른 사람답게 행동해왔습니다.'

꼬발렌꼬는 뚱한 얼굴로 입을 쑥 내민 채 아무 말이 없었습니다. 잠시 후 벨리꼬프는 서글픈 목소리로 나지막이 말을 이어갔습니다.

'그리고 한 가지 더 말씀드려야 할 것이 있습니다. 나는 오랫동안 교편을 잡았지만 당신은 아직 얼마 되지 않았습니다. 그렇기에 선배 교사로서 당신께 주의를 드리는 것이 나의 의무라고 생각합니다. 당신은 자전거를 타고 다니시는데, 그런 취미는 청년 교육을 담당하시는 분에게는 대단히 적절치 못합니다.'

'아니 왜요?'

꼬발렌꼬가 굵직한 목소리로 물었습니다.

'정말 더 설명을 해야 하나요, 미하일 사비치, 이 말이 정말 이해가 안 됩니까? 교사가 자전거를 타고 다닌다면 학생들에게 남은 건 대체 뭘까요? 그들은 물구나무를 해서 다니려 들 겁니다! 정부 관보로 공식 허가가 되지 않은 이상, 그런 행동은 하면 안 됩니다. 나는 어제 경악을 했습니다. 당신 누님을 보았을 땐 눈이 아찔해지더군요. 부인네들이나 처녀들이 자전거를 타고 다니다니, 이건 끔찍한 일입니다!'

'그래서 당신인 원하는 게 대체 뭡니까?'

'미하일 사비치, 나는 당신께 주의를 드리자는 것뿐입니다. 당신은 젊은 분이니 미래가 있습니다. 그러니 처신을 극히 조심해서 해야 하는데, 당신은 신중치가 못해요, 정말 신중치가 못해요! 수놓은 셔츠를 입고 늘 길거리에서 무슨 책들을 끼고 다니더니 이번에는 자전거까지 타고 다니니 말입니다. 당신과 누님이 자전거를 타고 다닌다는 사실을 교장 선생님이 알게 되고 나중에 당국의 귀에까지 들어가게 되면…. 무슨 좋은 일이 있겠습니까?'

'나와 누나가 자전거를 타고 다니는 게 다른 사람들과 무슨 상관이란 말이요!'

꼬발렌꼬가 얼굴을 확 붉히며 말했습니다.

'누구든 내 집이나 사생활에 간섭하기만 하면 아주 길거리 개들에게나 확 던져버리겠소.'

창백해진 벨리꼬프가 자리에서 일어섰습니다.

'그런 식으로 나온다면 더는 말할 수 없겠군요.'

그가 말했습니다.

'부탁하는데, 앞으로 내가 있는 데서 상관들에 대해 절대로 그런 식으로 표현하지 마시오. 당국에 대해서는 존경하는 마음으로 대해야 합니다.'

'아니 내가 당국에 대해 무슨 험담이라도 했단 말입니까?'

독기 어린 눈길로 쏘아보며 꼬발렌꼬가 물었습니다.

'제발 날 좀 가만 내버려두시오. 난 정직한 사람이라서 당신 같은 분과는 말도 하기 싫소. 나는 고자질이나 일삼는 놈들은 싫어한단 말이오.'

벨리꼬프는 몸을 떨며 부산스럽게 외투를 챙겨 입기 시작했는데, 얼굴에는 경악하는 표정이 가득했습니다. 그런 거친 말을 들은 건 살면서 처음이었을 테니까요.

'말하고 싶은 대로 말하시오.'

현관에서 계단참으로 나서면서 벨리꼬프가 말했습니다.

'하지만 한 가지는 미리 말해두어야 할 것이 있습니다. 어쩌면 누군가가 우리의 얘기를 들었을지도 모릅니다. 그러니 우리 얘기를 곡해해서 무슨 일이 생기지 않도록 하기 위해서는 얘기의 내용을 교장 선생님께 보고해야겠습니다…. 요점만이라도 말이죠. 그렇게 해야만 하겠습니다.'

'보고하겠다고? 그래 어서 가서 보고해!'

꼬발렌꼬는 벨리꼬프의 뒷덜미를 움켜쥐더니 떠밀었고, 벨리꼬프는 덧신을 덜걱거리며 계단 아래로 굴러 떨어졌습니다. 계단은 높았고 경사도 급했지만, 벨리꼬프는 다행히 다치지 않고 아래까지 굴렀습니다. 그는 일어나서 안경이 온전한지 코를 만져보았습니다. 그런데 그가 계단 밑으로 굴러 떨어지던 바로 그 순간 바렌까가 두 명의 부인과 함께 들어왔습니다. 그들은 멈춰 서서 우두커니 바라보았는데, 벨리꼬프에게는 이것이 무엇보다도 끔찍했습니다. 내가 보기엔, 그로서는 웃음거리가 되느니 차라리 목이나 다리가 부러지는 게 더 나았을 겁니다. 사람들이 다 알게 될 테고 교장과 당국의 귀에까지 들어갈 테니, 아아, 무슨 일이 생기고야 말 거야! 새로운 캐리커처가 그려질 테고 결국 난 사직을 지시받는 데까지 이르겠지…. 이런 게 그의 생각이었을 겁니다.

그가 몸을 일으켰을 때 바렌까는 그를 알아보았고, 그의 우스꽝스러운 얼굴과 구겨진 외투, 그리고 덧신을 쳐다보았습니다. 무슨 영문인지 몰랐던 그녀는 그가 부주의로 굴러 떨어졌을 것이라 짐작한 나머지 참지 못하고 건물 전체에 들릴 정도로 깔깔거리기 시작했습니다.

'하-하-하!'

그리고 우렁차게 울려 퍼진 이 깔깔 소리로 모든 게 종결되고 말았습니다. 혼담도, 벨리꼬프라는 사람의 지상에서의 존재도 말이죠. 그에겐 바렌까가 자기에게 뭐라고 말하는 소리도 이미 들리지 않았고 눈앞에는 아무 것도 보이지 않았습니다. 집에 돌아온 후 그는 우선 책상에서 바렌까의 초상화를 치웠고, 그 다음엔 자리에 누워서 더 이상 일어나지 않았습니다.

사흘쯤 후 아파나시가 내게 찾아와서는 자기 주인 나리가 뭔가 잘못되어가고 있다고 말하며 의사를 불러야 하는 게 아닌지 물었습니다. 나는 벨리꼬프의 집으로 가보았습니다. 그는 휘장 밑에서 이불을 뒤집어 쓴 채 말없이 누워 있었습니다. 뭔가를 물으면 그저 "예" 혹은 "아니요"라고 답할 뿐 더 이상은 아무 말도 없었습니다. 누워있는 그의 근처에서는 우울하고 찌푸린 얼굴을 한 아파나시가 땅이 꺼질 듯이 한숨을 쉬며 서성거리고 있었는데 입에서 보드카 냄새가 심하게 나더군요.

벨리꼬프는 한 달 후에 죽었습니다. 우리 모두, 즉 남자 중학교와 여자 중학교의 교사들과 신학교의 교사들까지 모두 그의 장례식에 갔습니다. 관 안에 누워 있는 그의 얼굴을 보니, 온화하고 유쾌하며 심지어 명랑하기까지 한 표정이었습니다. 마치 이제 다시는 나오지 않게 될 상자 속으로 드디어 들어가게 되어서 기쁘다는 듯한 표정이었죠. 네, 그는 자신의 이상(理想)을 달성했던 겁니다!

그리고 마치 그를 기리기 위해서인 듯 장례식 날에는 날씨가 흐리고 비가 와서 우리 모두는 방수용 고무 덧신을 신고 우산을 들었습니다. 바란까도 장례식에 왔는데, 관을 무덤 속으로 내릴 때 조금 울더군요. 그때 나는 소러시아 여자들은 울거나 깔깔거리기만 할 뿐, 그 중간의 기분은 존재하지 않는다는 걸 알게 되었습니다.

솔직히 말해서, 벨리꼬프와 같은 사람들의 장례를 치르는 것은 큰 만족을 줍니다. 묘지에서 돌아오는 길에 우리는 금식 기간에 하는 것과 같은 겸손한 얼굴 표정을 짓고 있었습니다. 아무도 만족감을 드러내고 싶지 않았기 때문이지요. 그 만족감이란 아주 오래 전 어린 시절에, 어른들이 집을 비운 사이 마당을 한두 시간 뛰어다니며 완벽한 자유를 즐길 때 맛보았던 느낌과 비슷했습니다. 아아, 자유다, 자유! 자유의 가능성에 대해 암시만 받아도, 자유의 가능성에 대해 아주 미약한 희망만 가져도 인간의 영혼에는 날개가 달리는 법입니다. 그렇지 않습니까?

우리는 좋은 기분으로 묘지에서 돌아왔습니다. 그런데 1주일도 채 지나지 않아 우리의 삶은 예전과 똑같이 사람을 지치게 만드는, 엄격하면서도 한편으로는 납득이 안 되는 방식으로 흘러가기 시작했습니다. 그건 정부 관보로 금지되진 않았지만 그렇다고 해서 완전히 허가된 것도 아닌 그런 삶이었습니다. 말하자면, 전보다 나아진 게 없었다는 뜻입니다. 그리고 사실, 벨리꼬프의 장례를 치르긴 했지만 그 사람처럼 상자 속에 들어있는 사람들이 아직도 얼마나 많이 남아 있으며 앞으로도 또 얼마나 많이 나타날까요!"

"바로 그런 게 인간 삶의 문제이지요."

이반 이바늬치가 맞장구치며 파이프 담배에 불을 붙였다.

"그런 사람들이 앞으로도 많이 나타날 겁니다!"

부르낀이 다시 말했다.

중학교 교사는 헛간 밖으로 나왔다. 그는 작은 키에 뚱뚱했으며 완전히 대머리였는데, 검은 턱수염은 거의 허리까지 기르고 있었다. 사냥개 두 마리가 그를 따라 나왔다.

"달이네요, 달!"

그는 위쪽을 바라보며 말했다.

벌써 자정이 된 시간이었다. 오른쪽으로는 마을 전체와 5베르스따[4]쯤 멀리까지 길게 뻗은 거리가 보였다. 모든 것이 고요하고도 깊은 잠에 빠져 있었다. 자연에 이러한 고요함이 존재한다고 믿기지 않을 만큼 아무 움직임도 없었고 아무 소리도 들리지 않았다. 농가들과 건초 더미들, 그리고 잠에 빠진 버드나무들이 산재해 있는 넓은 마을 거리를 달 밝은 밤에 바라보노라면 영혼이 고요해지기 마련이다. 노동과 걱정과 고뇌로부터 풀려나 밤의 어둠 속에 몸을 숨긴 영혼은 이러한 고요함 속에서 온화하고 서글프며 아름답다. 하늘의 별들도 그 영혼을 다정하고 부드럽게 바라보는 느낌이며, 지상에는 이미 악이 존재하지 않고 모든 것이 행복해 보인다. 왼쪽으로는 마을 끝자락부터 숲이 시작되어 멀리 지평선까지 펼쳐져 있는 모습이 보

---

4) 제정 러시아 시기의 거리 단위. 1베르스따(верста)는 현재의 1킬로미터보다 약간 긴 1.067킬로미터에 해당함.

였다. 달빛에 잠겨 있는 그 광활한 숲에서도 역시 아무런 움직임이나 소리가 없었다.

"바로 그런 게 인간 삶의 문제이지요."

이반 이바늬치가 앞서 했던 말을 다시 했다.

"하지만 우리가 답답하고 북적거리는 도시에서 살며 쓸데없는 서류를 작성하고 카드놀이를 하는 것, 이런 것도 상자가 아닐까요? 또한 우리가 게으름뱅이들과 분란 일으키기 좋아하는 자들, 어리석고 빈둥거리는 여자들과 일생을 보내며 여러 가지 쓸데없는 소리를 주고받는 것, 이런 것도 상자가 아닐까요? 만일 원하신다면, 매우 교훈이 되는 이야기를 하나 들려드리죠."

"아니요, 이미 잘 시간이 넘은 것 같습니다."

부르낀이 말했다.

"편히 주무세요!"

두 사람은 헛간 안으로 들어가 건초 위에 누웠다. 둘은 담요를 덮고 잠을 청했는데, 갑자기 가벼운 발소리가 들려왔다. 누군가 헛간으로부터 멀지 않은 곳에서 걸어 다니고 있었는데, 몇 걸음 가더니 멈춰 서고 또 잠시 후에 몇 걸음 가다 멈춰 서는 행동을 반복했다…. 사냥개들이 으르렁거리기 시작했다.

"마브라가 걸어 다니고 있군요."

부르낀이 말했다.

발소리가 잠잠해졌다.

옆으로 돌아누우며 이반 이바늬치가 입을 열었다.

"사람들이 거짓말을 하는 것을 보고 들으면서도 그런 거짓을 참으면 오히려 그것 때문에 사람들로부터 바보라는 말을 듣게 되죠. 모욕과 굴욕을 느껴도 참는 것, 자신이 정직하고 자유로운 사람들 편에 서 있다고 공개적으로 말할 용기를 못 내는 것, 그러고는 자기 스스로 거짓을 말하고 미소를 짓는 것, 이 모두가 한 조각 빵을 위해, 따뜻한 거처를 위해, 한 푼 가치밖에 안 되는 지위를 위해 하는 행동들입니다. 안 됩니다, 계속 그렇게 살아서는 안 됩니다!"

"아, 이반 이바늬치, 그건 좀 다른 주제인 것 같네요. 자, 이제 자도록 하죠."

부르낀이 말했다.

10분쯤 후 부르낀은 이미 잠들어 있었다. 하지만 이반 이바늬치는 계속 한숨을 쉬며 이리저리 뒤척거리다가 자리에서 일어나 다시 밖으로 나가더니, 문 옆에 앉아 파이프 담배를 피우기 시작했다.

구스베리

이미 이른 아침부터 비구름이 하늘을 온통 덮고 있었다. 종일 들판 위쪽에 드리운 먹구름만 보면 비가 내릴 것 같은데 실제로는 비가 내리지 않는 회색빛 음산한 날들에 그러하듯이, 이 날도 주변은 조용했으며 덥지는 않았지만 갑갑한 공기가 맴돌고 있었다. 걷다가 이미 지쳐버린 수의사 이반 이바느치와 중학교 교사 부르낀에게는 들판이 끝없이 이어진 것 같은 느낌이 들었다. 멀리 앞쪽으로는 미로노시쯔꼬예 마을의 풍차들이 가물가물 보였고, 오른쪽으로는 줄을 지어 뻗어있는 언덕들이 마을 뒤편 멀리로 사라져가고 있었다. 두 사람은 이 언덕들의 바로 옆에 강이 흐르고 있으며 그 강 건너편에는 풀밭과 초록색 버드나무들과 농민의 집들이 있다는 것을 알고 있었다. 또한 그 언덕들 중 하나에 올라가서 바라보면 역시 거대한 들판과 전신국, 그리고 멀리서 볼 때는 마치 기어가는 애벌레처럼 느껴지는 기차가 보이며, 맑은 날씨에는 저 멀리 시가지까지 보인다는 것도 알고 있었다. 모든 자연이 온화하게 생각에 잠겨 있는 듯한 고요한 날씨 속에서 이반 이바느이치와 부르낀은 눈앞에 펼쳐진 들판에 깊은 애정을 느꼈으며, 이 나라가 얼마나 위대하고 아름다운지를 생각했다.

"지난번에 우리가 쁘로꼬피 촌장 집 헛간에 하룻밤 머물렀을 때 아저씨는 내게 무슨 얘기를 하려고 하셨죠."

부르낀이 말했다.

"네, 그때 난 내 동생 얘기를 하려고 했습니다."

이반 이바느이치는 길게 한숨을 쉬고는 이야기를 시작하려고 파이프 담배를 피워 물었다. 그런데 바로 그때 비가 내리기 시작했다. 그리고 5분쯤 지났을 때는 이미 세찬 장대비가 내리고 있어서 언제 그칠지 알기 힘든 상황이 되었다. 이반 이바느이치와 부르낀은 어찌

해야 할지 망설이며 걸음을 멈췄다. 이미 흠뻑 젖은 사냥개들은 꼬리를 내리고 그 자리에 서서 순한 눈빛으로 그들을 쳐다보았다.

“어디든 가서 비를 피해야겠네요. 알료힌 집으로 가시죠. 여기서 가깝습니다.”

부르낀이 말했다.

“그럽시다.”

그들은 다른 쪽으로 방향을 잡은 후 수확이 끝난 들판을 따라 때로는 곧장, 때로는 오른쪽으로 방향을 틀면서 길이 나올 때까지 걸어갔다. 잠시 후 포플러나무와 정원, 그리고 곡물창고의 붉은 지붕이 모습을 드러냈다. 강물이 반짝거리는 가운데 방앗간과 하얀 색 목욕장을 곁에 둔 넓은 저수지의 모습이 펼쳐졌다. 알료힌이 살고 있는 소피노 마을이었다.

빗소리를 지워버릴 만큼 큰 소리를 내며 방아가 돌아가고 있었기 때문에 물막이 제방이 흔들릴 정도였다. 근처의 수레 옆에는 비에 젖은 말들이 고개를 숙인 채 서 있었고, 자루를 머리에 뒤집어 쓴 사람들이 오가고 있었다. 비 때문에 습기가 많은데다가 땅까지 질퍽거리는 불쾌한 날씨였기에 저수지의 모습은 차갑고 화가 난 듯 보였다. 진창길을 걷느라 다리가 무거워진 이반 이바느치와 부르낀은 이미 축축함과 불결함과 불편함을 온 몸으로 느끼고 있었다. 그랬기에 제방을 통과해 주인의 곡물 창고로 올라갈 때는 두 사람 다 마치 서로에게 화가 난 듯 아무 말이 없었다.

곡물 창고들 중 한 곳에서 탈곡을 하는 소리가 들렸다. 창고 문이 열려 있었는데 그 문으로부터 먼지가 쏟아져 나오고 있었다. 문턱에는 알료힌 자신이 서 있었다. 그는 마흔 살 쯤 되었고 키가 크고 뚱뚱하며 머리를 길게 기른 남자였는데, 지주라기보다는 교수나 예술가와 더 비슷한 모습이었다. 그는 오랫동안 빨지 않은 흰 색의 긴 러시아식 농민 셔츠를 입고 있었는데 밧줄 모양의 띠로 허리를 동여맸으며 바지는 안 입고 속바지만 걸친 모습이었다. 장화에는 먼지와 지푸라기가 잔뜩 묻어 있었으며 코와 눈은 먼지로 시커멓게 되어 있었다. 그는 이반 이바느치와 부르낀을 알아보고는 매우 기뻐하는 것 같았다.

"여러분, 어서 집 안으로 들어가세요. 나도 지금 갈

게요. 금방 가겠습니다."

집은 커다란 이층집이었다. 알료힌은 반원형 천장에 조그마한 창문들이 나 있는 아래층 방 두 곳에 기거하고 있었는데, 거기는 예전에 이 농장의 집사들이 살던 곳이었다. 가구는 소박했으며 호밀 빵과 싸구려 보드카, 그리고 마구(馬具)의 냄새가 났다. 위층의 잘 갖추어진 방들에는 손님들이 방문하는 드문 경우에만 갔을 뿐이다. 이반 이바느치와 부르낀을 집 안에서 맞이한 것은 젊은 하녀였는데, 상당한 미모의 여자라서 두 사람은 순간적으로 멈춰 서서 서로 바라보았다.

"두 분을 만나게 되어서 얼마나 기쁜지 상상도 못 하실 겁니다."

그들 뒤를 따라 현관으로 들어서면서 알료힌이 말했다.

"오실 거라곤 정말 생각도 못했어요! 뻴라게야!"

그가 하녀에게 말했다.

"손님들께 갈아입을 옷을 좀 드려요. 아, 그러고 보니 나도 갈아입어야겠군요. 일단 가서 몸을 좀 씻어야 되겠습니다. 봄부터 목욕을 한 적이 한 번도 없는 것 같아서요. 여기서 하인들이 이것저것 준비를 하는 동안 두 분은 나랑 같이 바깥 목욕장에 가시지 않겠습니까?"

참으로 자상하고 부드러워 보이는 아름다운 뻴라게야가 수건과 비누를 가져다준 후 알료힌과 손님들은 함께 목욕장으로 갔다.

"네, 오랫동안 목욕을 안 했네요."

옷을 벗으며 알료힌이 말했다.

"보시다시피, 우리 집 목욕장은 훌륭하죠. 아버지 때 지은 건데, 어찌 된 건지 씻을 시간이 통 없더라고요."

그가 목욕장 계단에 앉아 긴 머리카락과 목에 비누칠을 하자 근처의 물이 갈색이 되었다.

"네, 그런 것 같네요…."

알료힌의 머리를 쳐다보며 이반 이바느치가 의미심장하게 말했다.

"목욕을 한 게 오래 전이라서…."

알료힌은 당황해하며 다시 말하고는 한 번 더 비누칠을 했다. 그러자 잉크처럼 암청색의 물이 주위에 흘렀다.

이반 이바늬치는 밖으로 나가 첨벙 소리를 내며 물에 뛰어든 후 비가 내리는 가운데 팔을 크게 휘저으며 앞으로 헤엄쳐 나아가기 시작했다. 그의 움직임 때문에 일렁인 물결 위에서 흰 백합꽃들이 너울거렸다. 그는 저수지 가운데까지 헤엄쳐 가더니 잠수를 했고 잠시 후 다른 곳에서 모습을 드러냈다. 그런 후에도 계속 헤엄쳐 가면서 저수지 바닥에라도 닿으려는 듯 연신 잠수질을 했다.

“아, 정말 좋다!”

그가 수영을 즐기며 거듭 말했다.

“아, 정말 좋아!”

그는 방앗간까지 헤엄쳐 가더니 거기서 농민들과 무슨 얘기를 나누었다. 그러더니 되돌아와서는 저수지 중앙에서 하늘을 보고 물에 드러누워 내리는 비를 얼굴에 맞았다. 부르낀과 알료힌은 이미 옷을 챙겨 입고 나가려는 준비를 하고 있었는데 그는 계속해서 헤엄을 치고 잠수를 했다.

“아, 정말 좋아!”

그가 거듭 말했다,

"아, 하나님 정말 좋네요!"

"이제 그만하고 나오세요!"

부르낀이 그에게 소리를 질렀다.

그들은 집으로 돌아왔다. 위층의 넓은 응접실 램프에 불이 밝혀졌다. 실크 가운을 입고 따뜻한 슬리퍼를 신은 부르낀과 이반 이바늬치는 팔걸이의자에 앉아 있고 목욕 후 머리를 빗고 새 프록코트를 걸친 알료힌 자신은 따뜻함과 청결함의 기분 속에 잘 말린 옷과 가뿐한 신발의 촉감을 즐기는 듯 응접실을 서성이는 가운데, 아름다운 뻴라게야가 소리 없이 양탄자를 밟으며 다가와 살며시 미소 지으며 쟁반에 담은 차와 잼을 내려놓았다.

그때가 되어서야 비로소 이반 이바늬치는 자신의 이야기를 시작했다. 부르낀과 알료힌 뿐만 아니라 금빛 액자 속에서 차분하고도 엄격한 시선으로 앞을 바라보고 있던 나이든 부인들, 젊은 여인들, 군인들도 그의 이야기에 귀를 기울이는 것 같았다.

"우리 집에는 두 형제가 있습니다."

그가 이야기를 시작했다.

"나는 이반 이바늬치이고 내 동생은 니꼴라이 이바늬치인데, 나보다 두 살 아래입니다. 나는 더 공부하는 길을 택해서 수의사가 되었고, 동생은 이미 열아홉 살 때부터 현(縣)의 재무 관리국에서 일을 시작했습니다. 우리 아버지 침샤-기말라이스끼는 소년병 육성 학교를 졸업한 병사였는데, 나중에 장교 계급까지 올라갔기에 세습 가능한 귀족 칭호와 작은 영지를 우리에게 남겨주셨죠. 아버지가 돌아가신 후 영지는 빚을 갚느라 날아가 버렸지만, 그 일이야 어쨌든 우리는 시골에서 마음껏 뛰놀며 어린 시절을 보냈습니다. 농민 아이들과 전혀 다를 바 없이 우리도 낮이나 밤이나 들과 숲에서 시간을 보냈습니다. 말들을 지키기도 했고 나무껍질을 벗기거나 물고기를 잡거나 하는 등등의 놀이도 했습니다…. 그런데 말이죠, 평생 한 번이라도 농어를 잡아보았거나 철새인 개똥지빠귀가 맑고 선선한 가을 날 시골 마을 위로 떼를 지어 날아가는 모습을 본 사람이라면, 그는 이미 도시에 살기는 틀린 노릇입니다. 죽을 때까지 자유로운 생활에 마음이 끌리기 때문이죠.

내 동생은 재무 관리국에서 일하며 우울해했어요. 세월이 흐르면서도 그가 하는 일이라곤 내내 같은 자리에 앉아 같은 서류를 작성하는 것이었는데, 그러면서도 그는 내내 한 가지 생각만을 했다더군요. 어떻게 하면 시골로 돌아갈 수 있을까라는 것이었습니다. 그리고 이런 그리움이 점차 구체적인 소망의 모습을 갖추었는데, 그건 어딘가 강가나 호숫가에 작은 농장을 사고 싶다는 꿈이었습니다.

동생은 선량하고 온순한 사람이라서 나는 그를 사랑했지만, 자신을 평생 농장에 가두려는 동생의 그런 소망에 대해서는 전혀 공감하지 못했습니다. '사람에게는 3아르신[1]의 땅만 필요하다'[2]라는 말을 일반적으로 인정하는 경향이 있습니다. 하지만 3아르신은 시체에게나 충분할 뿐 살아있는 사람에게도 그런 건 아니잖습니까. 또한 요사이는 우리의 지식인들이 대

---

1) 제정 러시아 시기의 길이 단위. 1아르신(аршин)은 71.12센티미터에 해당함.

2) 톨스토이의 1886년 단편소설 「사람에게는 많은 땅이 필요한가?(Много ли человеку земли нужно?)」에 나오는 이야기의 주제를 체홉이 옮긴 문장.

지에 마음이 끌려 시골 농장으로 떠나고 싶은 열망을 품는다면 그런 게 좋은 태도라는 말들도 하더군요.

하지만 그런 농장도 결국은 3아르신의 땅이나 마찬가지 아니겠습니까? 도시와 삶의 투쟁과 일상의 소음으로부터 벗어나 자신의 시골 농장에 숨어버리는 것, 이것은 삶이 아닙니다. 이것은 이기주의고 게으름입니다. 이것은 일종의 수도 생활이기는 하지만, 이루어낼 것이라곤 없는 수도 생활일 뿐입니다. 사람에게 필요한 것은 3아르신의 땅이나 시골 농장이 아니라, 광활한 공간에서 자신의 자유로운 영혼에 내재한 모든 자질과 특성을 드러내 보일 수 있는 온 세상, 온 자연입니다.

내 동생 니꼴라이는 사무실에 앉아서 꿈꿔보곤 했습니다. 자신이 직접 키운 양배추를 넣은 스프를 먹으며 거기서 풍기는 맛있는 냄새가 온 마당에 퍼지는 모습, 푸른 풀밭에서 식사를 한 후 햇살을 받으며 누워서 자는 모습, 대문 밖 벤치에 몇 시간이고 앉아서 들판과 숲을 바라보는 모습을 말이죠. 농업 서적들, 그리고 농사와 관련해 달력에 적혀 있는 온갖 조언들이 그의 기쁨이자 영혼의 사랑스러운 양식이 되었습니다. 그는 신문 읽는 것도 좋아하긴 했지만, 신문에서 그가 읽는 것이라곤 농장 주택, 강, 정원, 방앗간, 배출구가 딸린 연못을 갖춘 몇 제샤찌나[3] 정도의 넓은 밭과 목초지를 판다는 광고들뿐이었습니다. 그러면서 그는 정원 안의 작은 길들, 꽃들, 과일, 찌르레기의 나무 둥지, 연못 속의 붕어들, 뭐 이런 온갖 것들을 머릿속에 그렸습니다. 그의 손에 들어오는 광고에 따라 상상 속의 그림들도 다양했지만, 왠지 그 그림들 속에 빠지지 않는 것이 있었으니 그건 바로 구스베리[4]였습니다. 그는 그 어떤 시골 농장도 그 어떤 시적인 장소도 구스베리 없이는 떠올릴 수 없었습니다.

'시골 생활에는 그것만의 편한 점이 있어. 발코니에

---

3) 제정 러시아 시기의 면적 단위. 1제샤찌나(десятина)는 가로세로가 각 105미터쯤인 10,920제곱미터에 해당함.

4) 구스베리(러시아어로 крыжовник, 영어로는 gooseberry, 학명은 Ribes uva-crispa)는 우리가 흔히 보는 스트로베리(딸기)와 마찬가지로 베리의 일종이지만, 서양까치밥나무에서 열리는 과실이다. 춥고 습기가 많은 지역에서도 잘 자라며, 열매는 지름 2cm 정도 되는 연두색의 원형 혹은 타원형인데 줄무늬가 있어서 아주 작은 수박을 연상시킨다. 열매에는 털이 약간 있으며 연두색 뿐 아니라 붉은색, 흰색, 노란색의 구스베리도 있다. 세부 품종에 따라 달콤한 것도, 약간 신 것도 있다.

앉아서 차를 마시면 연못에서는 오리들이 헤엄을 치고 아주 좋은 냄새도 풍긴단 말이지. 그리고… 구스베리도 자라나잖아!'

그는 이렇게 말하곤 했습니다.

그는 자기 영지의 설계도를 실제로 그리곤 했는데, a) 지주의 집, b) 하인들의 방, c) 채소밭, d) 구스베리, 이것들은 언제나 똑같이 설계도에 있었습니다. 동생은 뭐든 아끼며 살았습니다. 충분히 먹거나 마시지도 않았고, 뭔지 모를 마치 거지같은 옷을 입고 다녔으며, 돈은 계속 모아서 은행에 넣었죠. 정말 무서울 정도로 모든 것을 아꼈습니다. 그런 그를 바라보는 게 안타까워서 내가 뭐라도 주든가 축일에 뭔가를 보내주면 녀석은 그런 것들조차도 어딘가에 감춰 두었습니다. 사람이 자기 생각에 빠져들게 되면 정말 어쩔 수가 없는 모양입니다.

세월이 흘러 동생은 다른 현으로 발령받아 가게 되었습니다. 그때 그는 이미 마흔 살이었는데, 여전히 신문광고들을 읽으며 돈을 모으고 있었죠. 그 후에 소식을 들었더니 결혼했다고 하더군요. 여전히 구스베리가 있는 농장을 사겠다는 목표를 품은 채로 늙고 못생긴 과부에게 아무 감정도 없이 장가를 간 겁니다. 그 과부에게 돈이 좀 있다는 이유 하나로요. 그녀와 살 때도 구두쇠 짓을 해서 그녀를 반쯤 굶기곤 했는데, 그러면서도 돈은 자기 이름으로 은행에 넣었습니다. 그녀는 예전 남편인 우체국장과 살 때는 파이와 과실주를 마음껏 먹고 마셨는데, 두 번째 남편과 살면서는 싼 흑빵조차도 충분히 구경 못하게 된 거지요. 그녀는 그런 생활로 인해 시들어가더니 결국 3년쯤 후에 저 세상으로 떠났습니다.

물론 내 동생은 그녀의 죽음이 자신의 잘못 때문이라고는 단 1분도 생각해 본 적이 없었습니다. 보드카처럼 돈도 사람을 괴상하게 만드나 봅니다. 전에 우리 도시에서 병에 걸려 죽어가던 한 상인은 죽기 직전에 꿀 한 접시를 가져오라고 하더니 자신의 모든 돈과 복권을 꿀과 섞어 다 먹어버렸다더군요. 아무한테도 그 돈과 복권이 돌아가지 않도록 말이죠. 또 한 번은 내가 역에서 가축 떼를 검진하고 있는데, 어떤 중개상인이 기관차에 깔려 한 쪽 다리가 잘린 일이 있었습니다. 우리가 그를 응급실로 옮기는데 다리에서는 계속 피가 흘러나오니 정말 끔찍했죠. 그런데 그 상황에서도 그 사람은 계속 잘린 다리를 찾아달라고 부탁하며 걱정을 했습니다. 잘린 다리에 신었던 장화 속에 20루블을 넣어두었는데, 그걸 잃어버릴까봐 걱정을 하더란 말입니다."

"얘기가 다른 데로 빠지네요."

부르낀이 말했다.

이반 이바늬치는 잠시 생각을 하더니 얘기를 이어갔다.

"내 동생은 아내가 죽은 후에 자기 영지가 될 만한 곳을 살펴보러 다니기 시작했습니다. 물론, 설령 5년을 살펴보러 다니더라도 결국은 실수를 저질러서 자신이 꿈꾸던 것과는 영 다른 것을 사게 되는 경우도 있기 마련이죠. 내 동생 니꼴라이는 중개인을 통해 먼저 일부를 지불하고 차액은 만일의 경우 땅을 넘겨주는 조건으로 지주의 집, 하인들의 방, 그리고 공원이 딸린 112제샤찌나의 땅을 영지로 샀습니다. 하지만 과일나무 정원이나 오리가 헤엄쳐 다니는 연못, 그리고 구스베리는 전혀 갖추지 못한 땅이었죠. 강을 접하고 있긴 했지만 영지 한쪽으로는 벽돌 공장이 있고 다른 한쪽으로는 뼈를 소각하는 공장이 있어서 강물 빛은 커피 색깔 같았습니다. 하지만 내 동생 니꼴라이 이바늬치는 그리 슬퍼하지 않았어요. 그는 구스베리 나무 스무 그루를 주문해서 심고는 지주로 살기 시작했지요.

작년에 난 그의 영지를 방문했습니다. 그곳 상황이 어떤지 가서 보자는 생각이었죠. 내게 보낸 편지들에서 그는 자신의 영지를 '춤바로끌로프의 황무지' 또는 '기말라이스끼의 땅'이라고 부르곤 했죠. 나는 정오가 지난 시간에 '기말라이스끼의 땅'에 도착했습니다. 무더운 날이었습니다. 도처에 도랑, 담장, 넝쿨이 우거진 울타리가 있고 전나무도 줄지어 심어 놓았기에 마당은 어떻게 통과해야 하고 말은 어디에 세워 놓아야 할지 모를 정도였습니다. 집 쪽으로 걸어가는데 불그스름한 개 한 마리가 내 쪽으로 다가오더군요. 뚱뚱해서 돼지와 비슷했는데, 귀찮아서 그런지 짖지를 않더군요. 부엌에서는 역시 돼지를 닮은 뚱뚱한 하녀가 맨발로 나왔는데, 나를 보더니 주인 나리께서는 점심을 드신 후 쉬고 계시다고 말하더군요. 동생 방으로 들어가 보니 그는 무릎에 담요를 덮고 침대에 앉아 있었습니다. 나이가 많이 들었고 살이 쪘으며 피부는 늘어져 있었는데, 뺨과 코와 입술이 앞으로 내밀어져 있어서 당장이라도 담요에 대고 꿀꿀거릴 것 같았습니다.

우리는 포옹을 했습니다. 우리는 다시 만났다는 사실이 기뻐서 훌쩍거렸고, 예전 언젠가는 젊었던 우리가 이제는 머리가 하얗게 세어서 죽을 때가 되었다는 생각에 마음이 슬퍼져서도 훌쩍거렸습니다. 그는 옷을 입더니 자기 영지를 보여주겠다며 나를 데리고 나갔습니다.

'그런데, 여기서 어떻게 지내고 있니?'

내가 물었습니다.

'아, 별일 없어. 하나님 덕분에 잘 살고 있어.'

내 앞에 서 있던 사람은 이미 예전의 소심하고 불쌍한 관리가 아니라 진짜 지주이자 주인 나리였습니다. 그는 벌써 그곳 생활에 틀이 잡혀서 익숙해졌고 만족한 상태로 지내더군요. 이것저것 많이 먹고, 사우

나도 하고, 살도 찌고, 지역 주민들과 두 공장에 대해서 소송도 하고, 농민들이 자기를 '존경하는 귀족님'이라고 부르지 않으면 아주 기분 나빠했습니다. 신앙생활도 귀족풍으로 경건하게 했고, 선행을 할 때도 그냥 하는 것이 아니라 엄숙한 모습으로 했죠. 어떤 선행이냐고요? 소다와 피마자기름으로 농민들의 온갖 질병을 고쳐주었고, 자신의 명명일에는 마을 가운데서 감사기도를 드린 후 농민들에게 술 반 양동이를 대접했는데, 자기 생각으로는 그렇게 하는 게 마땅하다고 본 겁니다.

아, 그 끔찍한 술 반 양동이! 오늘은 농민들의 가축이나 개가 자기 밭을 짓밟았다고 그들을 지방 의회 의장에게 끌고 가는 뚱뚱한 지주가 내일이면 축일이라고 그들에게 술 반 양동이를 내 주죠. 그러면 그들은 '만세'를 부르며 그 술을 마시고 술에 취하면 이 지주 발밑에 절을 하는 겁니다. 사는 게 나아지고 배가 부르고 한가해지면 러시아인에게는 아주 뻔뻔한 자부심이 생기곤 합니다. 과거에 재무 관리국에서 일할 때는 자신만의 관점을 가지기를 두려워하던 니꼴라이 이바늬치가 이제는 마치 장관 같은 말투로 진리만을 말하더군요. '교육은 꼭 필요하지만 우리 민중에게는 아직 때가 아니야.' '체형(體刑)은 대체로 해롭지만 어떤 경우에는 유익하고 대체 불가능한 방식이기도 해.' 이런 식이었죠. 그는 이렇게도 말했습니다.

'나는 민중을 알고 그들을 어떻게 다뤄야 하는지도 알아. 민중은 나를 사랑해. 내가 손가락 하나를 까딱하기만 해도 그들은 내가 원하는 건 뭐든지 다 해 주거든.'

중요한 게 뭐냐면, 아주 영리하고도 선량한 미소를 띠며 이 모든 말들을 했다는 겁니다. 그는 '우리 귀족들은', '나는 귀족으로서'라는 말을 스무 번쯤 했습니다. 우리 할아버지는 농민이었고 아버지는 병사 출신이었다는 사실을 이미 기억하지 못하고 있는 게 분명했습니다. 이렇게까지 되다 보니, 사실 조화롭지 못하다고 할 수 있는 우리의 성 '침샤-기말라이스끼'까지도 이제 그에게는 단어의 울림이 낭랑하고 권위 있으며 아주 기분 좋은 성이라고 느껴지는 것 같았습니다.

하지만 문제는 그가 아니라 내 자신에게 있었습니

다. 내가 그의 농장에 머물렀던 그 얼마 안 되는 시간 동안 나의 내면에 일어났던 변화에 대해 얘기해드리고 싶군요. 우리가 저녁에 차를 마시고 있을 때 하녀가 구스베리가 가득 담긴 접시를 가져와 탁자에 내려놓았습니다. 산 게 아니라 그 집에서 직접 재배한 구스베리였는데, 나무를 심은 뒤 처음 수확한 것이라고 했습니다. 니꼴라이 이바늬치는 웃음을 터뜨리더니 눈물이 그렁그렁한 채로 잠시 동안 말없이 구스베리를 바라보았습니다. 흥분해서 말이 안 나왔던 겁니다. 그러더니 구스베리 하나를 입에 넣은 뒤, 자신이 좋아하는 장난감을 마침내 받게 된 어린아이처럼 의기양양한 표정으로 나를 쳐다보고는 말했습니다.

'정말 맛있다!'

그는 탐욕스럽게 먹으면서 계속 같은 말을 했습니다.

'아, 정말 맛있다! 형도 먹어 봐!'

구스베리는 채 안 익었는지 딱딱했고 시었습니다. 하지만 뿌쉬낀도 말했듯이 '어둠 속의 진리보다는 우리를 드높여주는 거짓말이 우리에겐 더 소중한 법'[5] 이죠. 나는 그때 오래된 꿈이 아주 확실하게 이루어져 삶의 목표가 달성되었고 원하던 것까지 얻어 자신의 운명과 자기 자신에 대해서도 만족하게 된 행복한 인간을 보았습니다. 인간의 행복에 관한 나의 생각은 왠지 항상 무언가 슬픈 느낌과 섞여 있었는데, 그때도 행복한 인간을 보면서 나를 사로잡은 것은 절망에 가까운 힘겨운 감정이었습니다. 특히 밤에는 더 힘들었습니다. 동생의 침실과 나란히 있는 방에 내 잠자리를 마련해 주었기에, 동생이 자지도 않고 계속 일어났다 누웠다 하면서 구스베리 접시 쪽으로 오가며 하나씩 먹는 소리가 들려왔습니다.

나는 그때 상념에 젖었습니다. '자기 자신에게 만족한 행복한 인간들이 사실 얼마나 많은가!', '그건 사람을 얼마나 억압하는 힘인가!' 이런 생각들이었죠. 현실의 삶을 한 번 보세요. 힘 있는 자들의 뻔뻔함과 나태함, 약한 자들의 무지와 야만성, 우리 주위의 믿을 수 없는 가난, 비좁음, 타락, 폭음, 위선, 거짓…. 그런데도 모든 집과 거리는 조용하고 평안합니다. 이런 현

5) 뿌쉬낀이 1830년 9월에 발표한 시 「영웅(Герой)」 중의 한 구절을 인용한 것임.

실 속에서도 도시에 사는 5만 명의 사람들 중에서 비명을 지르거나 격분하는 사람은 하나도 없죠. 식료품을 사러 시장에 가며 낮에는 먹고 밤에는 자는 사람들, 실없는 소리나 하고 결혼하고 늙어가는 사람들, 그러면서 한편으로는 죽은 자들을 평온한 마음으로 묘지로 데려가는 사람들이 보입니다. 하지만 괴로워하는 사람들의 모습이 보이지 않으며 그들의 목소리 또한 들리지 않는 상황에서도 삶의 끔찍한 일들은 무대 뒤 어딘가에서 계속 발생하고 있습니다. 모든 것이 고요하고 평안한 듯 보이지만, 말없는 통계만이 그것에 이의를 제기하고 있죠. 몇 명의 사람들이 미쳤으며 몇 양동이의 술을 마셔치웠으며 몇 명의 아이들이 영양실조로 죽었는지에 대한 통계 말입니다….

'사실 이러한 질서는 분명히 필요하다. 행복한 자들이 행복을 느낄 수 있는 건 불행한 자들이 말없이 부담을 짊어질 때만 가능한 것은 분명한 사실이니까. 불행한 자들이 침묵하지 않으면 행복이라는 것은 존재할 수 없다.' 이런 게 바로 사람들이 일반적으로 빠지는 최면 상태입니다.

따라서 만족하며 행복하게 사는 모든 사람들의 문 뒤에 누군가가 서서 작은 망치로 계속 두드려대며 상기시켜 줄 필요가 있습니다. '이 세상에는 불행한 사람들이 분명히 존재한다. 당신이 지금 아무리 행복해도 삶은 이르든 늦든 언젠가는 자신의 발톱을 당신에게 들이댈 것이기에 질병, 가난, 상실 등의 불행은 당신에게도 발생할 것이다. 또한 당신이 지금 다른 사람들의 불행을 보지도 듣지도 못하듯이 그때가 되면 아무도 당신의 불행을 보지도 듣지도 못하게 될 것이다.' 이렇게 말하면서 말입니다.

하지만 망치를 든 사람은 존재하지 않고, 행복한 사람은 그저 자기 마음대로 살아갑니다. 사시나무가 바람에 흔들리듯 일상의 사소한 걱정거리들이 그를 약간 동요시키기는 하지만, 그래도 모든 건 만족스러운 상태로 남아 있게 되죠."

이반 이바늬치가 자리에서 일어나며 말을 이어갔다.

"그런데 그날 밤 나는 나 역시 만족과 행복에 머물러 있는 인간이라는 사실을 깨달았습니다. 나 역시 점심을 먹을 때나 사냥을 나갔을 때나, 어떻게 살아야 하고 어떻게 신앙생활을 해야 하며 어떻게 민중을 이끌어야 하는지를 가르치곤 했죠. 나 역시 배움은 빛이고 교육은 필요하지만 평민들에게는 아직까지는 글자를 읽고 쓸 수 있게 하는 것만으로 충분하다고 말하곤 했죠. 자유는 축복이고 사람은 자유 없이는 살 수 없다고 말하면서도 아직은 좀 더 기다려야 한다고 말하기도 했죠. 그래요, 나 역시 그렇게 말하곤 했습니다. 하지만 이제 물어봅니다. 무엇을 위해 기다려야 하는 거죠?"

이반 이바느치는 화난 표정으로 부르낀을 바라보며 물었다.

"당신께 물어보는 겁니다, 대체 뭘 위해서 기다려야 할까요? 어떤 생각들을 실현하기 위해 기다려야 하는 겁니까? 세상의 모든 일들이 한꺼번에 이루어지는 건 아니며 어떤 생각이든 다 때가 있어서 서서히 실현되는 거라고 말들을 합니다. 하지만 이런 말을 하는 사람들은 누구입니까? 이 말이 정당하다는 근거들은 어디에 있습니까? 사물의 자연적인 질서라든가 인과의 법칙을 근거로 들 순 있겠죠. 하지만 살아 있고 사고할 줄 아는 나라는 사람이 도랑을 만나면 무성한 풀이 자라나 도랑이 자연적으로 덮이거나 혹은 침전물로 채워질 때까지 기다리며 그 옆에 우두커니 서 있는 게 질서이고 법칙이란 말입니까? 껑충 뛰어서 건너거나 그 위에 다리를 놓을 수도 있을 텐데 말입니다. 그래서 또다시 묻습니다. 무엇을 위해서 기다려야 하는 겁니까? 살아갈 힘이 더 이상 없을 때도, 하지만 살아야 하고 살고 싶다는 이유만으로 목숨이 유지되는 때가 되어도 계속 기다려야 하는 거겠죠!

나는 다음 날 아침 일찍 동생 집을 떠났습니다. 그리고 그때부터는 도시에서 지내는 게 참을 수 없어졌습니다. 도시의 고요와 평안이 나를 짓누릅니다. 창문을 들여다보는 것도 두렵습니다. 식탁에 둘러 앉아 차를 마시는 행복한 가정의 모습보다 더 견디기 힘든 광경은 없기 때문입니다. 나는 이미 늙었기에 뭔가를 위해 투쟁하기에는 쓸모없는 인간입니다. 증오할 능력조차 없습니다. 그저 마음속으로 슬퍼하며 화를 내고 애태울 뿐이죠. 밤마다 여러 생각이 넘쳐나서 머리가 달아오르고 잠을 이룰 수가 없습니다…. 아, 내가 지금 젊다면!"

이반 이바늬치는 흥분해서 방 이쪽저쪽으로 왔다 갔다 하더니 다시 말했다.

"아, 내가 지금 젊기만 하다면!"

그러더니 갑자기 알료힌에게 다가가 그의 양 손을 번갈아 잡고는 간청하는 목소리로 말했다.

"빠벨 꼰스딴찌늬치, 평온하게 지내지 마십시오. 자신을 잠재우면 안 됩니다! 아직 젊고 힘이 있고 원기 왕성할 때 끊임없이 선한 일을 하십시오. 행복이란 존재하지 않고 존재할 수도 없습니다. 그러므로 우리의 삶에 의미와 목표가 있다면 그 의미와 목표는 행복에 있는 것이 전혀 아니며 무언가 더 합리적이고 위대한 것에 있습니다. 선한 일을 행하십시오!"

이반 이바늬치는 처량하고도 간청하는 듯한 미소를 띠며 이 말을 했다. 그것은 마치 자기 자신에게 부탁을 하는 것 같은 모습이기도 했다.

그러고 나서 이들 셋은 각자 응접실의 서로 다른 끝 쪽에 있는 팔걸이의자에 앉아 침묵했다. 이반 이바늬치의 이야기는 부르낀도 알료힌도 만족시키지 못했다. 저녁 어스름 속에서 마치 살아 있는 듯한 느낌을 주는 장군들과 부인들이 금빛 액자로부터 내려다보고 있는 가운데 구스베리를 먹는 가련한 지주에 대한 이야기를 듣는 것은 지루한 일이었다. 부르낀과 알료힌은 왠지 세련된 사람들이나 여인들에 관한 이야기를 하거나 듣고 싶었던 것이다. 자신들이 앉아 있는 이 응접실의 모든 것들, 덮개를 씌운 샹들리에, 팔걸이의자들, 발밑의 양탄자 등 모든 것들이 액자 안에서 그들을 바라보는 사람들도 과거 언젠가는 여기 앉아 차를 마셨다는 점을 느끼게 해준다는 것, 그리고 이제는 여기서 아름다운 뻴라게야가 조용히 걸어 다닌다는 것, 오히려 이러한 사실들이 그들에게는 어떠한 이야기보다도 더 기분을 좋게 해주었다.

알료힌은 매우 졸렸다. 농사 일 때문에 새벽 두 시가 좀 넘어 일어났기에 지금은 눈이 스르르 감기고 있었다. 하지만 손님들이 그를 빼놓고 무언가 재미있는 이야기를 할까봐 자리를 뜨지는 않았다. 그는 조금 전 이반 이바늬치가 한 이야기가 지혜로운 이야기인지 정당한 이야기인지에 대해서는 깊이 생각해보려

하지 않았다. 손님들은 껍질 벗긴 곡물이나 건초, 타르 등에 대해서는 말하지 않았고, 그의 삶과는 직접 관련이 없는 것에 대해서 이야기를 나누었다. 어쨌든 그는 그런 점이 기뻤고 그들이 이야기를 계속해주기를 바랐다….

"그런데 이제 잘 시간이 되었네요. 다들 잘 주무시기 바랍니다."

부르낀이 자리에서 일어나며 말했다.

알료힌은 작별 인사를 한 후에 아래층의 자기 방으로 내려갔고 손님들은 위층에 남았다. 손님 둘에게는 장식이 새겨진 오래된 나무 침대 두개가 있는 커다란 방을 내주었는데, 방 한쪽 구석에는 상아로 만든 십자가가 있었다. 아름다운 뻴라게야가 잠자리를 보아 준 넓고 시원한 침대에서는 세탁한 시트의 상큼한 냄새가 풍겼다.

이반 이바늬치는 조용히 옷을 벗고 자리에 누웠다.

"하나님, 죄 많은 저희들을 용서하소서!"

그는 이렇게 말한 후 이불을 머리까지 덮어썼다.

탁자 위에 놓인 그의 담배 파이프에서 다 타버린

담뱃재 냄새가 강하게 풍겼다. 부르낀은 오랫동안 잠을 이루지 못하면서 그 심한 냄새가 어디서 나는 건지 도무지 알 수가 없었다.

비는 밤새도록 창문을 두드렸다.

사랑에 대하여

다음날 아침 식탁에는 아주 맛있는 만두와 가재 그리고 양고기 커틀릿이 올라왔다. 아침을 먹고 있는 동안 요리사 니까노르가 손님들께서 점심에는 무엇을 드시고 싶은지 물어보기 위해 위층으로 올라왔다. 그는 얼굴에 살이 많고 눈이 작은 중키의 사내였는데, 말끔히 면도를 했지만 코 밑은 면도를 했다기보다는 마치 수염들을 잡아 뽑은 것 같은 느낌을 주었다.

알료힌은 어여쁜 뻴라게야가 이 요리사에게 마음을 빼앗겼다고 말했다. 니까노르는 주정뱅이인데다가 격하기 쉬운 성격을 가지고 있어서 뻴라게야는 그와 결혼하기는 원치 않았지만 그래도 같이 사는 것에는 동의를 했다고 한다. 하지만 그는 신앙심이 깊은 사람이어서 종교적 신념은 그에게 그런 식의 동거를 허락하지 않았다. 그랬기에 그는 이런 식으로는 살 수 없다고 말하며 결혼을 요구했고, 술에 취하면 그녀에게 욕을 퍼붓거나 심지어 때리기까지 했다. 그가 술에 취해 있을 때면 그녀는 위층에 몸을 숨긴 채 흐느껴 울기 일쑤였고, 그러면 알료힌과 하인들은 필요할 때 그녀를 보호하기 위해 집 밖으로 나가지 않았다고 한다.

식사 자리에 있던 사람들은 사랑에 관해 이야기하기 시작했다.

"사랑은 어떻게 생겨나는 것일까요?"

알료힌이 말문을 열었다.

"왜 뻴라게야는 정신적, 외모적인 자질에서 자신과 더 어울리는 누군가 다른 사람을 사랑하지 않고 하필이면 이 추한 낯짝 니까노르를 - 여기선 모두들 그를 추한 낯짝이라고 부릅니다 - 사랑하게 되었을까요? 사랑에 있어서는 개인마다의 행복이라는 문제가 중요한 만큼 그렇게 될 수도 있었던 걸까요? 이 질문들에 대한 답은 알 수 없으며 누구든 마음대로 해석할 수 있겠죠. 지금까지 존재해왔던 해석들 중에서 유일하게 논쟁의 여지가 없는 진실이 있다면 그것은 〈사랑의 신비는 위대하다〉라는 말이 되겠죠. 이것 외에 사람들이 사랑에 대해 쓰거나 말해온 나머지 모든 것들은 해답이 아니었으며, 그 후에도 결국은 풀리지 않게 될 문제들을 제기해 놓은 것이나 마찬가지였습니다. 하나의 경우에는 적합해 보이는 설명이 다른 수십 가지 경우에는 쓸모없는 경우도 있습니다. 따라서 제 생각에는, 제일 좋은 것은 일반화를 하려고 애쓰지 말고 각각의 경우를 따로 설명하는 것입니다. 의사들이 말하는 것처럼 모든 경우를 각각 개별화해서 봐야 한다는 것이죠."

"정말 맞는 말입니다."

부르낀이 동의했다.

알료힌이 말을 이어갔다.

"우리와 같은 교양 있는 러시아인들은 이렇듯 해결되지 않고 남아있는 문제들에 집착하는 경향이 있습니다. 일반적으로 사랑은 시로 표현되거나 장미꽃이나 꾀꼬리로 장식되곤 하는데, 그에 비해 우리 러시아인들은 사랑을 숙명적인 질문들로 장식하고 게다가 그 질문들 중에서도 가장 재미없는 것들을 선택하곤 하지요. 모스크바에서 아직 대학생이었을 때 내게는 삶의 여러 가지를 공유했던 아름다운 여자친구가 있었는데, 그녀는 내 품에 안길 때마다 '결혼하면 이 사람은 한 달에 얼마를 생활비로 줄까', '지금 쇠고기 1 푼트는 얼마나 하나' 등에 관한 문제를 생각하더군요. 그런데 사실 우리 같은 사람들도 이와 별로 다를 바가 없어서, 사랑을 하게 되면 끊임없이 자신에게 질문을 던지죠. 이 사랑은 올바른가 올바르지 않은가, 현명한 것인가 어리석은 것인가, 이 사랑은 앞으로 어떻게 될 것인가 등등에 관한 질문들이죠. 나는 이런 질문들이 좋은 건지 나쁜 건지는 모르겠지만, 이것이 사랑을 방해하고 우리를 불만스럽게 하며 화나게까지 한다는 것만큼은 확실히 압니다."

알료힌은 이와 관련된 어떤 이야기를 들려주고 싶은 눈치였다. 외롭게 사는 사람들은 얘기하고 싶은 욕구를 끓게 만드는 무언가가 항상 마음속에 존재하기 마련이다. 도시의 독신자들은 얘기를 나누고 싶다는 생각 하나로 일부러 목욕탕이나 레스토랑에 가곤 하며, 가끔은 목욕탕 일꾼들이나 웨이터들에게 아주 재미있는 얘기를 들려주곤 한다. 그에 비해 시골에 사는 독신자들은 대개 자기 집을 찾아오는 손님들에게 마음을 털어놓는다. 이날처럼 창밖으로 잿빛 하늘과 비에 젖은 나무들만 보이는 날씨에는 갈 곳이 아무 데도 없기에 남은 것이라곤 얘기를 주고받는 것뿐이었다.

알료힌이 말문을 열었다.

"나는 이곳 소피노에 살면서 이미 오래전부터 농장 일을 하고 있습니다. 대학을 마치고 나서부터였지요. 학교 교육을 받을 때부터 나는 육체노동을 싫어하는 사람이었고 기질적으로도 학문 연구에 어울리는 사람이었습니다. 하지만 이곳 영지에 왔을 때는 영지에 얽힌 빚이 많았고 그 빚의 일부는 아버지가 나의 교육에 많은 돈을 쓴 것에서도 기인했기에, 나는 그 빚을 다 갚을 때까지는 이곳을 떠나지 않고 일을 하겠다고 결심했습니다. 실제로 그렇게 일을 시작하긴 했지만, 솔직히 말해 짜증스러운 점도 좀 있었습니다. 여기 토지는 토양이 좋지 않아 생산성이 떨어지기 때문에, 농사가 손해를 보지 않으려면 자유 신분이 된 농노들이나 날품팔이 농민들을 품삯을 주고 고용해야 하는데, 사실 그래봤자 수확이 더 느는 것은 거의 없습니다. 따라서 그게 싫다면 농민 식으로 자신의 땅을 스스로 일구는 것을 택해야 합니다. 즉 자신이 가족과 함께 들에 나가서 직접 일을 해야 한다는 뜻입니다. 여기에 중간적인 방식을 택하는 건 있을 수 없습니다. 하지만 당시 나는 그런 세부적인 사항들에까지 신경 쓰지는 못했습니다. 나는 그저 단 한 조각의 땅도 놀리지 않으려고 이웃 마을들의 농부들과 아낙네들까지 모두 끌어들여 맹렬하게 농사일을 진행시켰습니다. 물론 나 자신도 땅을 갈고 씨를 뿌리고 풀을 베었지요. 그렇게 일을 하다보면 따분해졌고, 배가 고파 밭에서 오이를 훔쳐 먹는 시골 고양이처럼 짜증을 내며 얼굴을 찌푸리곤 했지요. 몸이 아팠고 걸으면서 졸 때도 있었습니다.

처음에는 이러한 노동 생활을 나의 문화적 습관과 쉽게 조화시킬 수도 있을 것처럼 보였습니다. 삶에서 일정한 외적 질서를 지키기만 하면 그게 가능할 것이라고 본 거죠. 나는 여기 위층의 정면 방들에 거처를 마련했고, 아침과 점심 식사 후에는 술을 약간 넣은 커피를 가져오도록 시켰으며, 잠자리에 들어서는 ≪유럽 통보≫를 읽었습니다. 그런데 하루는 우리의 사제인 이반 신부가 와서 내 술들을 다 마셔버리더군요. ≪유럽 통보≫ 역시 신부의 딸들에게 가버렸습니다. 그도 그럴 것이, 여름철에 특히 풀을 베는 동안에는 내 방 침대까지 갈 시간이 없어서 헛간의 건초 더미나 어딘가 삼림 보호원의 오두막 같은 곳에서 잠이 들곤 했으니 이런 상황에서 내가 그걸 읽을 여유가 있었겠습니까? 나는 식사도 점차 아래층으로 내려와 하인들의 부엌에서 하게 되었습니다. 예전의 호화롭던 생활에서 내게 남은 것이라곤 그 하인들뿐이었는데, 그들은 아버지 때부터 일해 왔던 사람들이었기에 그들을 해고한다는 건 차마 가슴 아파 못할 일이었습니다.

처음 몇 년 동안 나는 이 지역의 명예 치안 판사로 선출되어 일했습니다. 가끔은 시내로 나가 이 지역의 지방 의회나 순회 재판소 업무에 참가해야 할 일이 생겼는데, 그런 일들은 나에게 즐거움을 주었습니다.

특히 겨울에 아무 데도 나가지 않고 두세 달 농장에 틀어박혀 있으면 결국 검은 프록코트가 그리워지게 마련입니다. 순회 재판소에는 프록코트를 입은 사람들도, 제복을 입은 사람들도, 연미복을 입은 사람들도 있었는데, 모두가 법률가들이거나 제대로 교육을 받은 사람들이라서 말이 잘 통했습니다. 마차에 달린 썰매에서 자거나 부엌에서 하인들이랑 식사하다가, 이제 날렵한 부츠에 깨끗한 속옷을 입고 양복 조끼 위에는 시곗줄까지 늘어뜨린 채 팔걸이의자에 앉아 있노라니 정말로 어찌나 호사스럽게 느껴지던지!

시내에서는 나를 성심껏 맞아주었고 나 역시 기꺼이 그들과 친교를 맺었습니다. 그때 알게 된 모든 사람들 중에서 가장 두터운 친교를 맺었고 또한 솔직히 말해 가장 기분 좋은 느낌을 주었던 사람은 순회 재판소 소장의 보좌관이었던 루가노비치였습니다. 두 분 다 그 사람을 아실 겁니다. 참 사랑스러운 인성을 가진 사람이죠. 저 유명한 방화범들 문제로 인한 재판 직후에 이런 일이 있었습니다. 법정 심리가 이틀 동안 계속되어 우리 모두가 몹시 지쳐 있었는데, 루가노비치가 나를 보고 말하더군요.

'저 말이죠, 내 집으로 식사나 하러 갑시다.'

그의 말은 뜻밖이었습니다. 그때까지 루가노비치와 나는 그저 공적인 관계상 아주 약간만 알고 지내는 사이였으며 따라서 그의 집에 가본 적도 없었기 때문이죠. 나는 여관의 내 방에 잠시 들러 옷을 갈아입은 후에 식사를 하러 갔습니다. 바로 거기서 나는 루가노비치의 아내인 안나 알렉세예브나와 인사할 기회를 가지게 되었습니다. 당시 그녀는 아직 매우 젊어서 스물두 살 정도 밖에 되지 않았고 반년 전에 첫 아이를 출산한 상태였습니다. 과거의 일이라서 당시에 대체 그녀의 어떤 점이 그토록 특별했고 어떤 점에서 그녀가 그토록 내 마음에 들었는지는 지금 확실히 말하기가 어렵습니다만, 식사를 함께 하던 때는 내게 모든 것이 너무나 선명하게 느껴졌습니다. 그때까지 한 번도 만나본 적이 없는 젊고 아름답고 선량하며 지적인, 매혹적인 여인을 보았던 겁니다. 그녀를 보자마자 나는 예전부터 알고 지내온 가까운 사람을 대하는 듯한 느낌을 받았습니다. 마치 언젠가 어린 시절에 어머니의 서랍장 위에 놓인 앨범 속에서 그녀의 얼굴과 상냥하고 지적인 눈을 이미 본 것 같은 느낌이었죠.

방화범 사건에서는 네 명의 유태인들이 기소되었는데, 순회 재판소 판사들은 그들을 작당해서 불을 저지른 한패로 간주했습니다. 하지만 내가 보기엔 그건 전혀 근거가 없는 판단이었습니다. 식사를 하면서 나는 매우 흥분했고 마음도 무거웠기에 그때 내가 무슨 말을 했는지 잘 기억이 나지는 않습니다. 하지만 안나 알렉세예브나가 계속 고개를 젓다가 남편에게 이렇게 말했던 것만은 기억이 납니다.

'드미뜨리, 어떻게 이런 일이 있을 수가 있죠?'

루가노비치는 본바탕이 선량한 사람이었으며 동시에 생각이 복잡하지 않은 단순한 심성을 가진 사람이기도 했습니다. 그는 누구든 일단 재판에 회부되었다는 것은 죄가 있다는 뜻이며 판결의 정당성에 대한 이의 표명은 법적인 절차를 거쳐 서면으로만 가능하고 식사 자리나 사적인 대화를 통해 이루어져서는 절대 안 된다는 의견을 강하게 고수하는 사람들 중 한

명이었던 거지요.

그는 부드러운 어조로 내게 말했습니다.

'당신이랑 내가 방화를 한 것은 아니잖습니까. 그러니 우리는 재판을 받을 일도, 감옥에 보내질 일도 없습니다.'

그들 부부는 내가 좀 더 먹고 마실 수 있도록 애를 썼습니다. 몇몇 사소한 행동, 예를 들어 부부가 함께 커피를 끓인다거나 살짝만 말해도 서로의 뜻을 이해하는 모습을 통해 나는 그들이 사이좋고 행복하게 살고 있으며 손님을 반긴다는 점을 알 수 있었습니다. 식사 후에 그들은 같이 앉아서 피아노를 쳤고, 그 다음엔 날이 어두워져서 나는 여관으로 돌아왔습니다. 초봄의 일이었지요. 그 후 나는 여름 내내 아무 데도 가지 않고 소피노에서 지냈으며, 시내에 대해서는 생각할 겨를조차 없었습니다. 하지만 날씬한 금발 여인에 대한 추억은 내 마음 속에 계속 남아 있었습니다. 그녀에 대해 생각하지는 않았지만, 그녀의 산뜻한 그림자가 내 마음 속에 자리를 잡은 것 같은 느낌이었죠.

늦가을에 시내에서 자선 공연이 있었습니다. 내가

현(縣) 지사의 특별석으로 들어서는데(중간 휴식 시간에 거기로 와달라는 전갈을 받았죠) 현 지사 부인 바로 옆에 안나 알렉세예브나가 앉아 있었습니다. 아름다운 얼굴과 사랑스럽고도 다정한 눈길이 빚어내는 거부할 수 없을 정도로 가슴 설레게 만드는 인상, 그리고 내 가슴 속에 불러일으키는 친근감은 예전 그대로였습니다.

우리는 나란히 앉아 있다가 그 후 밖으로 나와 로비를 서성였습니다.

'좀 야위셨네요. 어디가 아프셨나요?'

그녀가 말했습니다.

'네. 어깨에 신경통이 생겨서 비오는 날이면 잠을 잘 못 잡니다.'

'기운이 없어 보이네요. 지난 번 봄에 우리 집에 식사하러 오셨을 때는 더 젊고 활기차 보이셨어요. 그때는 열정이 넘치고 말씀도 많이 하셨죠. 참 재미있는 얘기였어요. 솔직히 말해, 그때 당신에게 마음이 좀 끌리기까지 했답니다. 왠지 여름을 보내면서 종종 당신 생각이 나더라고요. 그리고 오늘 여기 극장에 올

채비를 하면서도 당신을 보게 될 것 같다는 느낌이 들더군요.'

이렇게 말한 다음 그녀는 웃기 시작했습니다.

'그런데 오늘은 기운이 없어 보이네요.'

그녀는 앞서 한 말을 반복했습니다.

'그래서인지 나이도 더 들어 보여요.'

다음 날 나는 루가노비치 부부의 집에서 아침 식사를 했습니다. 식사 후 그들은 자신들의 별장에 월동 준비를 갖춰놓기 위해 떠났고 나도 그들과 함께 갔습니다. 시내로 돌아온 것도 그들과 함께였고 자정이 되었을 때는 그들 집에서 조용하고 가족적인 분위기에서 차를 마셨습니다. 벽난로가 타오르고 있었고 젊은 엄마는 딸아이가 자는지 살펴보려고 계속 왔다 갔다 했지요. 이 일이 있은 후 나는 시내에 갈 때면 늘 루가노비치의 집에 들렀습니다. 그들은 내게 익숙해졌고, 나도 그들에게 익숙해졌습니다. 보통 나는 미리 알리지 않은 채 마치 한 가족인 것처럼 들어서곤 했습니다.

'거기 누구세요?'

정말 아름답게 느껴지는 느릿한 목소리가 멀리 있

는 방들에서 들려오곤 했지요.

'빠벨 꼰스딴찌느치 씨가 오셨어요.'

하녀나 유모가 대답했지요.

안나 알렉세예브나는 방에서 나와 근심어린 표정으로 내게 다가오며 매번 물어보았습니다.

'왜 이렇게 오랫동안 안 오셨어요? 무슨 일이라도 있었나요?'

그녀의 눈길, 내게 내민 우아하고도 고결한 손, 그녀의 가정용 드레스, 헤어스타일, 목소리, 걸음걸이는 나의 삶으로 볼 때는 매번 뭔가 새롭고도 특별하며 중요한 인상을 주었습니다. 우리는 오랫동안 대화를 나누곤 했지만, 각자 자신의 상념에 잠겨 오랫동안 말없이 앉아 있을 때도 있었죠. 때로는 그녀가 나를 위해 피아노를 쳐주기도 했습니다. 집에 아무도 없을 때면 나는 홀에서 기다리면서 유모와 얘기를 하거나 아이와 놀아주었으며 혹은 서재의 터키 식 소파에 누워 신문을 읽곤 했지요. 그러다가 안나 알렉세예브나가 돌아오면 나는 그녀를 현관에서 맞이했고 그녀가 사온 물건들을 전부 받아 들었습니다. 그 물건들을 안으로 나를 때면 매번 내 가슴은 왠지 소년처럼 사랑과 환희로 가득 찼습니다.

'아낙네가 근심거리가 없으니 새끼돼지를 사 들이더라'라는 속담이 있지요. 루가노비치 부부도 근심거리가 없으니 나와 더욱 친해지게 되었습니다. 내가 오랫동안 시내에 나오지 않으면 그건 그들에게 내가 아프거나 무슨 일이 생겼다는 것을 의미했기에 그들은 둘 다 몹시 걱정하곤 했습니다. 그들은 고등교육을 받고 여러 외국어를 구사하는 내가 학문이나 문학적 작업에 종사하지 않고 시골에 살면서 다람쥐가 쳇바퀴를 돌듯 힘들게 일하면서도 항상 돈이 없어 곤궁해하는 모습을 안타까워했습니다. 그들은 내가 고통스러워하고 있으며 내가 웃으며 말하고 식사한다 해도 그건 오직 고통을 감추기 위해서일 거라고 생각했습니다. 그랬기에 심지어 내 기분이 좋았던 유쾌한 순간에도 나는 그들의 탐색하는 듯한 눈길을 느끼곤 했지요. 내게 실제로 힘든 상황이 발생하거나 어떤 채권자가 나를 압박하거나 혹은 급히 지불해야 할 돈이 부족했을 때 그들은 특히 가슴아파했습니다. 그럴 때면 부부가 창가에서 소곤거린 후 루가노비치가 내게 다가와서 진지한 표정으로 말하곤 했습니다.

'빠벨 꼰스딴찌늬치, 혹시 당신이 지금 돈이 필요한 상황이라면 주저하지 말고 우리 돈을 빌어가길 바랍니다. 나와 아내가 모두 바라는 바요.'

그는 이렇게 말하면서 흥분으로 두 귀가 빨개지곤 했지요. 그리고 이와 똑같은 방식으로 부부가 창가에서 소곤거린 후 루가노비치가 귀가 빨개진 채 내게 다가와 이렇게 말하는 경우도 간혹 있었습니다.

'나와 아내는 당신이 우리의 이 선물을 꼭 받아주길 바라오.'

그러면서 장식용 와이셔츠 소매단추나 담배 케이스 혹은 램프 등을 주곤 했지요. 그럼 나도 시골에서 사냥해서 잡은 새나 버터, 꽃 등을 그들에게 답례로 보내주었습니다. 말이 나와서 하는 말인데, 그들은 둘 다 재산이 꽤 있는 사람들이었습니다. 이 지역에 온 초기에 나는 종종 돈을 빌어서 썼는데, 누구에게서 빌어야 할지에 대해서는 딱히 까다롭게 따지지 않았기에 가능한 곳이라면 어디서든 빌어서 썼지요. 하지만 루가노비치 부부에게서 돈을 빌어야겠다는 생각은 전혀 하지 않았습니다. 아, 내가 뭐 하러 이런 말까지 하는 건지!

나는 불행했습니다. 집에서도 들에서도 헛간에서도 나는 그녀에 대해 생각했습니다. 나는 거의 노인이라고 할 수 있는(그녀의 남편은 마흔 살이 넘은 나이였습니다) 재미없는 남자에게 시집와 그의 자식들까지 낳은 젊고 아름다우며 총명한 여인의 비밀을 이해해 보려고 노력했습니다. 또한 그녀의 재미없고 선량하며 단순한 남편, 아주 따분한 상식에 의존해 판단하는 남자이자 무도회나 파티에서 중후한 사람들 근처에 자리 잡고는 마치 팔리려고 그 자리에 온 듯 순종적이고도 무심한 표정을 지으며 꾸어다 놓은 보릿자루처럼 맥없이 서 있는 남자이며 그러면서도 자신은 행복해질 권리가 있고 그녀에게서 자식을 낳을 권리가 있다고 믿는 남자의 비밀도 이해해 보려고 노력했습니다. 그러면서 나는 그녀가 왜 하필 내가 아닌 그를 만났으며 무엇을 위해 우리의 인생에서 그토록 끔찍한 실수가 발생해야 했는지도 이해해 보려고 계속 노력했습니다.

시내로 나갈 때마다 나는 그녀의 눈길을 통해 그녀가 날 기다렸다는 것을 알 수 있었습니다. 그녀 자신도 이미 아침부터 어떤 특별한 느낌이 들어서 내가 올 것을 짐작했다고 고백하기도 했습니다. 우리는 오랫동안 얘기를 나누거나 말없이 시간을 보내기도 했지만, 서로의 사랑을 고백하지는 않았고 오히려 소심하고 조심스러운 태도로 그것을 감추었습니다. 우리가 간직한 비밀을 우리 자신에게 드러낼 수 있는 약간의 행동이라도 할까봐 우리 스스로도 두려워했습니다.

나는 그녀를 소중하게 생각하며 깊이 사랑했지만, 만일 이 사랑과 투쟁할만한 힘이 우리에게 충분치 않다면 우리의 사랑은 어떻게 될지 숙고하고 자문해 보았습니다. 나의 이 조용하고도 슬픈 사랑이 그녀의 남편, 아이들, 나를 그렇게나 사랑하고 믿어주는 그 집 전체의 행복한 삶의 흐름을 갑자기 무참하게 깨버리는 일은 있을 수 없다고 생각했습니다. 혹시라도 그렇게 된다면 그게 정당한 것일까? 그녀가 나를 따라 나설 수도 있다. 하지만 어디로 가야 하지? 내가 그녀를 어디로 데려갈 수 있을까? 만일 내가 멋지고 흥미로운 삶을 살고 있다면, 만일 내가 예를 들어 조국의 독립을 위해 싸우는 사람이거나 저명한 학자, 예술가, 화가라면 상황은 달라질 수도 있다. 하지만 그렇지 않다면, 평범하고도 일상에 찌든 하나의 환경에서 그와 똑같은 또 하나의 환경 혹은 그보다 더 일상에 찌든 환경으로 그녀를 데려가야 할 수도 있다. 그리고 우리의 행복은 얼마나 지속될 수 있을까? 내가 병들거나 죽으면 혹은 우리의 사랑이 그냥 식어버리는 경우에는 그녀에게 무슨 일이 생길까?

나는 이런 생각을 했고, 그녀 역시 이와 비슷한 생각을 했던 것처럼 보였습니다. 그녀는 남편과 아이들, 그리고 사위를 친자식처럼 아끼는 자신의 어머니에 대해 생각했을 겁니다. 만일 그녀가 나에 대한 자신의 감정을 다루어내지 못했다면, 그녀는 그들에게 거짓을 말하든가 진실을 말하든가 둘 중 하나를 택해야만 했을 겁니다. 하지만 그녀의 처지에서는 거짓을 말하든 진실을 말하든 둘 다 똑같이 무섭고도 견디기 힘든 일이었을 겁니다. 그리고 그녀를 괴롭힌 또 하나의 의문도 있었지요. 자신의 사랑이 내게 행복을 가져다 줄 수 있을지, 혹시 안 그래도 힘들고 온갖 불행으로 가득 찬 내 삶을 자신이 더 복잡하게 만들지도 모른다는 걱정이었습니다. 그녀는 자신이 나와 비교해 이미 그다지 젊지 않다고 생각했으며, 새로운 삶을 시작하기엔 자신이 그다지 부지런하거나 활력이 있다고도 못 느꼈습니다. 그녀는 내가 훌륭한 주부이자 내조자가 될 수 있는 총명하고도 착실한 아가씨와 결혼해야 한다고 종종 남편에게 얘기하곤 했습니다. 그러고는 온 시내를 뒤져봐도 그런 아가씨를 구하기는 힘들 거라는 말도 바로 덧붙이곤 했지요.

그러는 사이 세월은 흘러갔습니다. 안나 알렉세예브나에게는 아이가 벌써 둘이었습니다. 내가 루가노비치 부부의 집에 가면 하녀는 상냥하게 미소를 지었고 아이들은 빠벨 꼰스딴찌늬치 아저씨가 왔다고 외치며 내 목에 매달리곤 했습니다. 내가 가면 모두들 즐거워했죠. 내 마음 속에 어떤 일이 생기고 있는지 몰랐던 그들은 나 역시 즐거워한다고 생각했습니다. 모두들 나를 고결한 존재라고 생각했지요. 어른들과 아이들 모두 고결한 존재인 내가 방 안을 서성이고 있다고 느꼈는데, 나를 그렇게 대하다보니 나도 그들에게서 어떤 특별한 매력이 생겨나는 느낌을 받았습니다. 마치 나와 함께 있을 때면 그들의 삶도 더 깨끗해지고 더 아름다워지는 것 같은 느낌이었죠.

나와 안나 알렉세예브나는 함께 극장에 다니곤 했는데, 언제나 걸어서 다녔습니다. 우리는 1층 정면의 1등석에 나란히 앉아 있곤 했지요. 어깨가 살짝 맞닿으며 그녀의 손에서 말없이 오페라글라스를 받아 들 때면 '이 여자가 내 곁에 있다', '이 여자는 나의 것이다', '우리는 서로가 없으면 살 수 없다'는 느낌이 들곤 했습니다. 하지만 어떤 이상한 오해가 의식되었기에, 극장에서 나온 후에는 항상 서로 잘 모르는 사이인 것처럼 작별 인사를 하고 헤어졌습니다. 시내 사람들이 이미 우리에 대해 이러쿵저러쿵 뭔지 모를 말들을 했다지만, 그들의 입에 오르내린 것 중에서 어느 하나도 사실이 아니었습니다.

마지막 몇 해 동안 안나 알렉세예브나는 자신의 어머니나 언니의 집으로 자주 떠나 있다가 돌아오곤 했습니다. 자신의 삶이 불만족스럽게 망가져 있다고 생각하기 시작하면서 우울한 기분 상태가 잦아지다보니, 남편도 아이들도 보기 싫을 때는 그렇게 떠나 있었던 거지요. 그녀는 이미 신경쇠약 증세로 치료를 받고 있었습니다.

그러다 보니 우리 둘 사이에도 아무 말 없이 계속 침묵을 지키는 경우가 잦아졌습니다. 그리고 낯모르는 사람들이 옆에 있을 때면 그녀에게는 나에 대한 이상한 짜증이 피어오르더군요. 그럴 때 그녀는 내가 무슨 말을 해도 동의하지 않았고 내가 누군가와 논쟁이라도 하면 반대자의 편을 들곤 했습니다. 내가 무언가를 떨어뜨리기라도 하면 그녀는 내게 '축하해요'라고 차갑게 말하기도 했습니다.

함께 극장에 갈 때 내가 오페라글라스를 가지고 가는 걸 잊기라도 하면 그녀는 나중에 내게 이렇게 말하곤 했습니다.

'그럴 줄 알았어요. 잊어버릴 것 같더라고요.'

다행인지 혹은 불행인지, 우리 인생에서 생기는 모든 일들은 이르든 늦든 어쨌든 끝이 나게 되어 있습니다. 우리에게도 이별의 시간이 찾아왔습니다. 루가노비치가 서쪽에 있는 현들 중 한 곳의 지방 의회 의장으로 임명되었기 때문이죠. 가구, 말, 별장 모두 팔아야 했습니다. 별장에 갔다가 돌아오면서 마지막으로 별장의 정원과 초록색 지붕을 보려고 뒤돌아섰을 때 그들 모두는 슬픔에 잠겼습니다. 나는 내가 헤어져야 할 것이 단지 별장만은 아니라는 점을 알고 있었습니다. 안나 알렉세예브나를 요양 차 8월 말에 의사들이 권고한 크림 반도로 먼저 전송해주고 며칠 뒤에는 루가노비치와 아이들이 서쪽 현으로 떠나기로 결정되었습니다.

우리를 포함해 아주 많은 사람들이 안나 알렉세예브나를 배웅했습니다. 그녀가 남편과 아이들이랑 작별 인사를 나눈 후 출발을 알리는 세 번째 종이 울릴 때까지 시간이 거의 남지 않았을 때, 나는 그녀가 하마터면 잊을 뻔한 여행 바구니 하나를 발견하였기에 그것을 선반 위에 올려놓아 주기 위해 그녀가 탄 칸막이 객실로 뛰어 올라갔습니다. 이제는 정말로 작별해야 할 순간이 되었습니다. 칸막이 객실 안에서 서로의 시선이 마주쳤을 때 우리는 둘 다 자제력을 잃었습니다. 나는 그녀를 끌어안았고 그녀는 내 가슴에 얼굴을 묻었으며 우리의 눈에서 눈물이 흐르기 시작했습니다. 그녀의 얼굴, 어깨, 눈물에 젖은 손에 키스하면서—아, 우리는 참으로 불행했습니다!—나는 그녀에게 사랑을 고백했습니다. 가슴이 타는 듯한 고통 속에서, 나는 우리의 사랑을 방해하던 그 모든 것들이 얼마나 쓸데없고 하찮으며 거짓된 것이었는지를 깨달았습니다.

사랑을 할 때는 세상에서 흔히 말하는 행복이나 불행, 선이나 악보다 더 중요하고도 더 차원 높은 것에 토대를 두고 판단을 해야 하며, 그러지 않을 바에는 아예 판단하지 말아야 한다는 점을 나는 그때 깨달았습니다.

나는 그녀에게 마지막으로 키스를 하고 손을 꼭 쥐었습니다. 그리고 우리는 헤어졌습니다. 영원히 말입니다. 기차는 이미 가고 있었습니다. 나는 옆 칸막이 객실로 옮겨가서—거기는 승객이 없이 비어있더군요—다음 첫 번째 역에 도착할 때까지 계속 흐느껴 울었습니다. 그러고 나서는 소피노의 집까지 걸어서 갔습니다….”

알료힌이 이야기를 하는 사이에 비가 그치고 태양이 얼굴을 보였다. 부르낀과 이반 이바느이치는 발코니로 나갔다. 정원의 모습과 이제 햇빛을 받아 거울처럼 반짝거리는 저수지의 모습이 아름답게 눈앞에 펼쳐졌다. 그들은 경치에 취해 감상하는 한편으로, 자신들에게 그토록 솔직하게 얘기를 들려준 이 선량하고도 총명한 눈빛을 가진 남자가 그의 삶을 더 유쾌하게 해 줄 수 있는 학문이나 어떤 다른 일에 종사하지 않고 이 드넓은 영지에서 다람쥐가 쳇 바퀴 도는 듯한 삶을 이어가야 한다는 사실을 안타까워했다. 그리고 그가 칸막이 객실에서 그 젊은 부인의 얼굴과 어깨에 키스하며 헤어질 때 그녀의 얼굴에 떠올랐을 크나큰 슬픔에 대해서도 생각했다. 두 사람 모두 시내에서 그녀를 만난 적이 있었으며, 그녀와 아는 사이였기도 했던 부르낀은 그녀가 아름답다고 생각해왔던 것이다.

<체홉의 삶과 문학 세계>

안똔 빠블로비치 체홉은 1860년 1월 29일(당시의 달력 체계로는 1월 17일) 러시아 남서부 아조프 해 연안의 항구 도시 따간로그에서 아버지 빠벨 예고로비치 체홉과 어머니 예브게니야 야꼬블레브나 모로조바 사이의 5남 1녀 중 3남으로 태어났다(체홉의 위로는 형 둘, 아래로는 남동생 둘과 여동생 하나가 있음). 할아버지는 원래 농노였으나 근면한 노동으로 재산을 축적해 1841년에 자신과 가족의 몸값을 치르고 자유인 신분이 되었으며, 아버지는 1857년에 따간로그에 식료품 가게를 열었다. 신앙심이 깊었으며 동시에 매우 전제적인이었던 아버지는 자식들이 새벽 다섯 시부터 시행되는 교회의 성가 연습에 반드시 참석한 후에야 학교를 가도록 허락하였으며, 그 후에는 생계 유지를 위해 가게 일을 하고 틈틈이 각자가 수공업 기술도 익히도록 만들었다. 한편, 남편과 자식들에게 헌신적이고 자상했던 어머니는 틈나는 대로 연극을 관람하는 연극애호가이기도 했는데, 이러한 어머니의 성품은 자식들의 성격 형성에도 큰 영향을 미쳤다.

어려운 환경에서 학교(8년제의 김나지야. 쉴 틈 없는 교회 생활과 가게 일의 부담으로 인한 성적 부진으로 중간에 두 번의 유급을 겪었기에 10년 만에 졸업함)를 다니던 체홉은 재학 중에 일찌감치 연극에 큰 관심을 보였으며, 다양한 문학작품 독서와 스스로의 습작을 통해 문학적 재능을 드러내기도 했다. 이를 지켜본 한 교사로부터 선사받은 〈체혼쩨(Чехонте)〉라는 필명은 훗날 그가 사용했던 수십 가지 필명 중의 하나가 되었다. 식료품상 사업의 부진으로 아버지가 파산한 후 빚에 쫓긴 가족 모두가 도망가다시피 모스크바로 피신하자(1876년), 따간로그에 홀로 남겨진 체홉은 가정교사 일을 하며 자신의 생계를 유지했고, 동시에 모스크바에서 빈민가를 전전하며 궁핍에 시달리고 있던 가족을 위해 돈을 부쳐주기도 했다.

1879년 6월 김나지야를 졸업한 체홉은 9월에 모스크바 대학교 의학부에 입학하였으며, 가족 모두의 생계를 위해 이 해 말부터 모스크바와 뻬쩨르부르그의 잡지들에 기고하기 위해 다양한 필명을 사용하며 유머 단편과 촌평 등을 쓰기 시작했다. 체홉 자신의 표현을 빌자면 2~3일에 한 편씩 "마치 찍어내듯이 쓴" 이러한 단편 소품들은 그가 희곡과 중편 소설에도 본격적으로 손을 대기 시작한 1887년 이전까지 300여 편에 달했다. 그러나 이렇듯 단시간에 완성해내었음에도 불구하고 이 단편들 중 상당수에는 일정 수준 이상의 작품성이 존재했으며, 중편과 장편들이 문단을 지배하고 있던 당시의 상황에서는 일상생활에서 포착한 소재들의 다양함과 기발함이라는 측면에서 독자들에게 신선한 충격을 주었다. 각종 잡지들 역시 점차 그의 단편들을 게재하는 데 주저하지 않게 되었기에 1885년경 그는 이미 러시아 독서계에서 일정한 위치를 확보하게 되었다.

당시 상당한 영향력을 발휘하던 보수적 일간지 ≪신(新)시대≫의 발행인 알렉세이 수보린은 1885년 체홉과 처음 만나면서부터 그에게 우호적인 태도를 보였고 이후 지속적으로 그의 후원자가 되었다. 그는 체홉이 좋은 작품들을 계속 쓸 수 있도록 후한 원고료를 지불하는 한편으로 집필 기간과 분량에 상관치 말고 창작을 해나가라는 격려를 해 주었다. 이에 고무된 체홉은 1886년 2월부터 드디어 '안똔 체홉'이라는 본명을 사용하여 ≪신시대≫에 다섯 개의 단편들을 연속하여 발표하였으며 이로 인해 그의 명성은 한층 높아지게 되었다. 이 무렵 맏형 알렉산드르에게 보낸 편지(5월 23일)에서 "나는 ≪신시대≫에 실린 다섯 편으로 뻬쩨르부르그에 흥분을 일으켰고 나 역시 정신을 잃을 지경이었어!"라고 쓴 것을 보면 자신의 단편들에 대한 당시 체홉의 자신감이 어느 정도에까지 이르렀는지를 알 수 있다.

그러나 단편에 대한 체홉의 이러한 자신감이 마냥 안정적으로 유지된 것은 아니었다. 수보린과 거의 같은 시기에 체홉과 알게 된 문단의 원로 드미뜨리 그리고로비치는 체홉의 재능을 아끼면서도 그 재능을 좀 더 원숙하고 중량감 있는 작품에 사용하도록 충고하는 편지를 1886년 3월에 보내왔다. 그 편지에서 그리고로비치는 "나는 당신에게 몇 개의 뛰어난, 진실로 예술적인 작품들을 써야 할 소명이 부여되어 있다고 확신하오.〈…〉 당신이 받은 인상들을 단숨에 쓰는 작품이 아니라 좀 더 심사숙고하고 잘 가다듬어진 작품을 쓰기 위해 아끼시오. 그렇게 써진 작품 하나가 여러 잡지에 뿌려진 당신의 아름다운 단편들보다 백 배는 더 높게 평가받을 것이오."라고 충고했다. 그리고로비치뿐만이 아니라 문단의 다른 몇몇 인사들도 이와 유사한 충고를 하였기에 체홉은 이 무렵부터 단편 기고수를 점차 줄여갔으며, 단편들을 쓰더라도 길이가 늘어나고 내용 또한 진지해지는 경향을 보이기 시작했다. 또한 한편으로는 중편 길이의 작품과 희곡 창작으로도 영역을 넓혀 갔다. 1887년 러시아 남부 지방을 거쳐 고향 따간로그로 향한 여행의 인상기를 문학화한 중편 「초원」(1888년)과 삶의 목표에 대한 고민을 담은 중편 「지루한 이야기」(1889년)가 문단의 주목을 받은 것 역시 이러한 변모와 관련된다.

그의 단편에 사상이나 이념이 결여되어 있다는 점을 들어 비판적 태도를 보인 일련의 비평가들의 견해와, 도스토예프스키(1821~1881)와 뚜르게네프(1818~1883)가 사망한 상태에서 사회에 지도적 이념을 제시할 수 있는 진지한 작품이 나와야 한다는 당시 문단의 분위기도 체홉에게 어느 정도 영향을 미쳤다. 1880년 경 소위 '개심(改心)'을 통해 자신의 이전 작품들의 가치를 모두 부정하고 그 후 자신의 문학을 도덕적인 설교로 변모시킨 톨스토이의 태도 또한 체홉에게 영향을 미쳤다. 체홉은 대략 1884년경부터 톨스토이의 작품들에 진지한 관심을 가진 바 있는데, 그리고로비치의 충고를 받은 1886년경부터 1890년 사할린으로의 여행을 떠나기 전까지 톨스토이의 문학적 태도와 자신의 작품 경향을 비교하며 일정한 내적 갈등을 겪었다.

하지만 문단의 분위기와 내적 갈등이 그로 하여금 자신의 단편들의 가치를 부정하는 쪽으로 이어지게 만든 것은 아니었다. 어느 정도 고민의 기간을 거친 후인 1889년 1월 30일에 수보린에게 보낸 편지에서 그는 "내겐 개인의 자유가 필수적입니다. 그런데 최근에 그게 다시 끓어오르기 시작했습니다."라고 쓰고 있다. 또한 같은 해 4월 11일 맏형 알렉산드르에게 보낸 편지에서는 "간결함은 재능의 누이야(Краткость - сестра таланта)."라고 쓰면서 간결함을 통해 주제를 전달하는 방식의 중요성을 강조하고 있다. 한편으로 그는 자신의 내적 갈등을 해소해 줄 수 있는 방법으로 러시아의 현실을 직접 목도하고 그것에서 삶의 진실을 체득해보고자 시베리아와 사할린 여행을 결심한다.

1890년 4월에 출발해 12월에 모스크바로 귀환한 장기간의 여행에서 그는 석 달간 사할린에 체류하면서 그곳에 유배된 죄수들과 지역주민들의 삶의 모습을 상세히 기록했다. 이 여행을 통해 그가 최종적으로 결론내린 것은 인간은 실로 다양한 상황에 처해 살아가고 있으며 그 상황들에서 파생되는 고통을 해결할 수 있는 특정 사상이나 이념은 존재하지 않는다는 것이었다. 내적 갈등이 종식된 당시를 회상하며 체홉은 훗날 수보린에게 이렇게 쓰고 있다. "톨스토이의 윤리학은 더 이상 나를 감동시키지 못하게 되었습니다. 〈…〉 나는 6~7년 간 그것에 사로잡혀 있기도 했고 그의 표현 방식과 분별력으로부터 영향을 받기도 했습니다. 하지만 지금은 이미 나의 내부에서 무언가가 그것에 반대를 하고 있습니다. 세심하고도 정당한 판단을 거쳐, 나는 인간에 대한 사랑이 순결이나 육식(肉食)의 절제라는 관념 속에 표현될 여지는 별로 없다는 것을 깨닫게 되었습니다."(1894년 4월 9일 편지)

그러나 체홉이 톨스토이의 영향권에서 벗어났다고 하여 그것이 곧 톨스토이 문학에 대한 직접적 비난으로 나타나지는 않았다. 후일 체홉은 톨스토이에 대해 "내가 존경한 유일한 작가"라고 표현한 바 있는데, 결국 최종적으로는 톨스토이의 창작 경향을 자신의 것으로 받아들이지 않았음에도 불구하고 그와 우호적 관계를 유지하며 언제나 겸허한 태도로 그의 충고와 비판을 경청한 자세는 체홉이 그만큼 폭넓은 인성을 갖춘 사람이었다는 점을 말해준다.

한편 사할린 여행은 체홉으로서는 의학에 대한 일종의 부채 의식을 갚는 것이기도 했다. 그는 1884년

대학 졸업 후 두 곳의 지방 병원에서 잠시 근무하다가 자신의 집에서 개업까지 하여 열성적으로 진료에 임하였다. 하지만 1880년대 초부터 이미 엄청난 수의 단편을 발표해 오던 상황에서 의료 업무 병행에 부담을 느꼈기에 결국 1887년에는 부득이하게 집에서 의사 간판을 내리게 되었다. 그럼에도 불구하고 1898년 건강이 악화되어 얄타로 이주하기 전까지는 개인적인 친분으로 찾아오거나 소문을 듣고 찾아오는 환자들을 진료하는 일을 계속했고 1891~1892년의 대기근 시에도 헌신적으로 의료봉사에 나섰다. 또한 의학과 러시아의 의료 상황 전반에 대한 관심도 계속 유지해 갔기에, 사할린 여행의 목적 중 하나 역시 사할린의 의료 상태를 알기 위한 것이었다.

후일 그가 "의학을 공부한 것은 나의 문학에 큰 영향을 주었다.〈…〉 의학 지식이 작가로서의 나에게 얼마나 소중한 것이었는지는 의사가 아닌 사람들은 알 수 없을 것이다.〈…〉 나는 가능한 과학적인 태도로 글을 쓸 수 있도록 애썼고, 그게 불가능할 경우에는 아예 붓을 들지 않았다."라고 술회한 것에서 드러나듯이 의학은 그의 본업이 아니게 되었으면서도 작품 세계에 큰 영향을 미쳤다. 그의 작품들 중 다수에 다양한 의사들의 모습과 각종 질병에 대한 해박한 묘사가 나타나는 것 역시 이와 관련이 있다. 수보린에게 보낸 편지(1888년 9월 11일)에서 그는 “의학은 나의 법적인 아내이고, 문학은 정부(情婦)입니다.〈…〉 이건 혼잡한 삶이기는 해도, 대신 이 덕분에 심심할 일은 별로 없게 되지요.”라고 재치 있게 표현하고 있는데, 이것은 그가 문학 창작을 애호하면서도 의학에 대한 끈 역시 놓지 않고 있었음을 말해주는 유명한 구절이다.

하지만 역설적이게도 의사로서의 그는 자신의 질병은 제대로 다루어내지 못했다. 그는 대학을 졸업하던 1884년 12월에 스물네 살이란 젊은 나이에 각혈을 동반한 폐결핵 증세를 처음 느꼈고 이후로도 몇 년에 한 번씩, 그리고 생애 말기로 가면서는 수시로 심각한 각혈을 하였다. 하지만 자신에 대해 드러내기 좋아하지 않았던 성격의 그는 자신의 병이 무엇인지 짐작하고 있었음에도 불구하고 10여 년 동안이나 남들에게 그것에 대해 언급하지 않았고, 병세가 눈에 뚜렷해진

1894년이 되어서야 남들에게 떠밀리다시피 병원에 가게 되었다.

자신 역시 건강 악화를 감지하고 있던 상황에서 그의 마음 한편에서는 오래 전부터 가졌던 꿈, 즉 자신의 고향인 따간로그를 연상시키는 조용한 곳에서 창작을 계속하고 싶다는 욕망이 강해졌다. 이 꿈을 실현하기 위해 그는 모스크바로부터 약간 떨어진 멜리호보 마을에 영지를 구입하여 1892년에 가족과 함께 그곳으로 이주하였으며, 1898년에 건강이 더욱 나빠져 얄타로 재이주하기 전까지 그곳에서 의욕적인 창작 활동을 펼쳤다. 이 기간 동안 그가 쓴 단편과 중편들 속에는 이전과는 다르게 인간의 내면세계를 좀 더 깊숙이 표현하려는 태도가 두드러지기 시작했다. 「6호 병실」(1892년), 「대학생」(1894년), 「롯실트의 바이올린」(1894년) 등의 작품은 이 시기의 대표작들로서, 특정 이념을 추구하지 않으면서도 있는 그대로의 삶을 인간 영혼의 문제와 결합시킨 수작들이다. 사할린 섬에서의 체류 기록을 여행기로 형상화한 「사할린 섬」(1893~1894년 연재) 역시 문단과 독자들에게 큰 반향을 불러일으켰다. 그는 멜리호보를 찾아오는 예술계의 많은 친우들과 만남을 가졌으며, 멜리호보와 주변의 지역 사회를 발전시키기 위한 의욕적인 활동도 다양하게 펼쳤다.

체홉의 희곡 창작 경력은 따간로그 시절에 습작으로 쓴 「아버지가 없는 삶」(1878년)을 제외한다면 1884년에 발표된 단막극 「큰 길에서」로부터 시작되었다. 그 후 비록 성공은 거두지 못했지만 4막 희곡 「이바노프」를 1887년 모스크바의 한 극장에서 무대에 올림으로써 후일 세계적인 명성을 얻은 희곡 작가로서의 길도 본격적으로 열렸다. 이후 1896년 이전까지 그가 창작한 8편의 희곡들은 성공과 실패를 왔다 갔다 하는 과정을 겪었으나, 그를 절망시켰으면서도 동시에 희곡 작가로서 한 단계 도약하는 계기를 만들어준 것은 6개월에 걸쳐 쓴 후 1896년에 뻬제르부르그에서 첫 공연한 4막 희곡 「갈매기」였다. 야심작이었던 이 작품에 대한 관객들의 극히 냉담한 반응은 그렇잖아도 부실했던 그의 건강 상태를 한층 악화시킬 만큼 충격적이었다. 하지만 당시 〈모스크바 예술 극장〉의 공동

설립자이자 연출가이기도 했던 블라지미르 네미로비치-단첸꼬는 충격을 받아 다시는 희곡에 손을 대지 않겠다고 선언한 체홉을 꾸준히 설득했고, 마침내 1898년 12월 동료 연출가 스따니슬랍스끼와의 공동작업을 통한 새로운 연출로 이 작품을 대단히 성공적인 공연으로 이끌어냈다. 이후 몇 년간 이 극장에서 공연된 「바냐 아저씨」, 「세 자매」, 「벚꽃 동산」의 성공으로 체홉은 이제 희곡 작가로서도 확고한 명성을 누리게 되었으며, 아울러 이 네 개 작품은 소위 그의 '4대 희곡'으로 불리게 되었다.

체홉 생애의 마지막 6년(1898년~1904년)은 4대 희곡이 대성공을 거두는 한편으로 그 자신은 계속되는 건강 악화로 인해 죽음을 향한 발걸음을 하나씩 딛고 있던 시기였다. 이 기간 동안 쓴 소(小)삼부작(「상자 속의 인간」, 「구스베리」, 「사랑에 대하여」)(1898년), 「개를 데리고 다니는 여인」(1899년), 「골짜기에서」(1900년) 등의 단편, 중편에서 체홉은 인생의 의미는 무엇이며 어떻게 살아야 하는가에 대한 진지한 질문을 던지고 있다. 죽음에 대한 의식은 이제 삶을 관찰하는 것에만 머물지 않고 삶의 본질을 말하고 싶은 욕구로 그를 이끌었던 것이다.

하지만 그는 이러한 질문에 대한 자신의 답을 독자에게 제시하여 강요하지 않고 독자로 하여금 스스로 생각하게 만들 뿐이었다. 4대 희곡들 역시 비극적 상황에 처한 인간 군상의 모습을 그릴지언정 그것으로부터 벗어날 해결책을 제시해주지는 않았다. 4대 희곡들에 공통적으로 담긴 정서는 '사람들 사이의 상호 이해 부족과 그에 따른 소통 불가능'이 인간 사회를 우울하게 만드는 주요 원인이며 인간은 거기에서 헤어 나오지 못함으로써 스스로 자신의 삶을 비극적으로 만들고 있다는 점이었다.

이로 인해 초기부터 체홉의 작품들에 대해 부정적인 시각을 견지해오던 일단의 비평가들은 체홉이 인간 삶의 미래를 제시하지 않은 채 끝까지 비극적인 전망만을 그린다고 비판했다. 지금도 그의 작품 세계에 따라 붙는 '황혼의 시인', '절망의 시인', '허무의 작가', '주의나 주장이 없는 작가' 등등의 비판적 표현은 희곡 작품들이 발표되면서 더욱 강한 색채를 띠었다.

그럼에도 불구하고 단편, 중편, 희곡을 망라한 체홉의 500여 편 작품들은 등장인물들을 선과 악의 어느 한 쪽으로 미리 구분하지 않은 상태에서, 그들의 삶이 다양한 현실 상황 속에서 어떠한 경로를 밟아가게 되는지를 냉철하게 보여주는 장점을 가지고 있다. 이러한 냉철함은 그에 대해 미래의 전망을 제시하지 않는 우울하고 염세적인 작가라는 평가를 내리게도 만들지만, 한편으로는 누구도 흉내 낼 수 없는 그만의 작품 세계이기도 하다. 체홉은 세상을 자신이 미리 그려둔 흑과 백의 모습 속에 형상화하지 않았다. 그것이 그가 생각했던 세상에 대한 가장 진실한 접근이었기 때문이다. 체홉 생애의 말년에 그와 특히 친밀한 관계를 유지했던 소설가 이반 부닌은 체홉이 했던 말을 이렇게 기록하고 있다. "비평가들이 그러던데, 내가 음울한 사람이라는 게 무슨 말이오? 내가 차가운 피를 가진 사람이라는 건 또 무슨 말이오? 그리고 내가 어떻게 염세주의자입니까? 염세주의자라는 단어는 그 자체가 혐오스럽소."

체홉은 대성공을 거둔 1898년 「갈매기」의 리허설

현장에서 여배우 올가 크니페르를 처음 만나 그녀의 뛰어난 연기력에 감탄하였으며 이들 간에는 그 후로 많은 편지 교환과 상호 방문이 이루어졌다. 이들은 3년 후인 1901년 6월에 결혼식을 올렸으며 체홉의 죽음의 순간도 함께 했다. 1904년 6월 병이 극히 악화된 상황에서 체홉은 독일의 바덴바일러로 아내와 함께 요양을 떠나지만, 결핵으로 인해 이미 2년 전부터 폐기종까지 발생한 상태에서 회복은 불가능했다. 7월 15일 새벽 최후의 순간이 다가옴을 느낀 체홉은 스스로 의사를 청했다. 예전에 한 번도 하지 않았던 행동을 한 것이다. 러시아어를 못하는 독일인 의사가 오자 그는 독일어로 'Ich sterbe.(내가 죽으려나보오.)'라고 말한 후 아내에게 샴페인 한 잔을 청한다. 샴페인을 깨끗이 비운 그는 편안하게 죽음을 맞이한다. 현대 단편 소설의 선구자였던 체홉은 이렇게 44년간의 짧은 생을 마감한 것이다.

<개별 작품 해설>

이 번역서에 수록된 단편들은 시기별 변화 양상을 살펴보기 위해 발표연도 순으로 배열되어 있다. 물론 아래에 언급되는 시기 구분이 절대적인 것은 아니며, 또한 어떤 경우에는 초기의 특징이 후기의 작품들에서 다시 나타나는 경우도 있다. 하지만 그의 단편들이 전반적으로 어떤 색채를 띠고 변모되어 갔는지는 이러한 시기별 양상을 통해 상당 정도 이해 가능하다.

단편 창작을 시작한 1879년부터 1886년까지의 초기 작품들은 소시민들을 소재로 하여 순전히 웃음만을 목적으로 하는 유머 단편들이었거나, 사회 풍자적인 색채가 있되 유머와 비극성이 가미된 단편들이었다. 이것은 자신과 가족의 생계유지를 위해 상업성이 좋은 장르에 집중할 수밖에 없었던 당시 체홉의 불가피한 선택이기도 했다. 그렇다고 해서 이 시기의 단편들에 작품성이 떨어진다는 일률적인 규정은 곤란하며, 이 시기 단편들 중 상당수는 현재의 러시아에서도 애독되고 있는 걸작들이다. 이 시기의 체홉은 독자들로 하여금 웃음, 슬픔, 혐오감 등등의 정서를 느끼도록 시도하면서도, 작가로서의 자신은 현실을 그대로 전달하는 냉철한 관찰자의 위치에 머물도록 억제하는 것이 눈에 띈다.

좀 더 진지한 작품을 써보라는 그리고로비치의 충고가 있었던 1886년 이후 체홉은 그러한 태도를 단편 속에도 반영하는데, 대략 1887년부터 1892년까지 발표된 단편들은 초기와는 다르게 다소 진지한 톤으로 러시아인들의 삶의 모습을 그리고 있다. 여기에는 그리고로비치의 충고도 작용했지만, 이제는 유머 작가로서의 위치를 벗어나 무게감이 실린 단편을 창작해보고 싶다는 체홉 자신의 욕구도 작용을 했다. 이 시기의 체홉은 이념이나 주장을 설파하지는 않지만, 초기와는 다르게 인물의 의식 세계를 적나라하게 묘사함으로써 현실의 내면으로 좀 더 깊이 들어가는 방식을 택한다. 또한 1884년 대학을 졸업하고 정식 의사가 된 체홉은 이 시기부터 작품 속에 질병이나 의학과 관련된 모티프를 자주 사용하기 시작했다. 이 시기는 체홉 단편 창작의 중기에 해당한다고 볼 수 있다.

척박한 상황에 처한 러시아인들의 삶을 직접 관찰하기 위해 1890년 사할린을 탐사하고, 또한 이를 바탕으로 한 단계 더 성숙한 작품들을 쓰기 위해 1892년 멜리호보 마을로 이주한 후 그의 작품들은 초기나 중기와는 다른 모습을 확실하게 보이기 시작했다. 이 시기의 단편들에서도 체홉은 대체로 관찰자의 입장을 견지하려 했지만, 이전과는 다르게 인간 삶의 본질적 문제점에 대한 자신의 생각을 작품 내에 직접적으로 간혹 서술함과 동시에 그것을 등장인물들의 입을 통해서도 말하게 하는 방식을 취하고 있다. 물론 이때의 생각이 특정한 사상이나 철학은 아니었지만, 어쨌든 이러한 현상은 인생과 창작의 성숙기에 도달한 그가 자연스럽게 이르렀던 창작의 단계라고 볼 수 있다. 이러한 경향은 대략 1893년부터 서서히 나타나기 시작하는데 생애 말년까지 점차 강화되어 간다.

개별 작품들의 내용을 살펴봄으로써 이와 같은 양상으로 변모되어 가던 체홉의 단편 세계를 이해해보자.

• 어느 관리의 죽음 (Смерть чиновника, 1883)

사소한 일이 확대되어 어처구니없는 죽음으로 귀결되는 이 작품의 구성은 체홉의 단편들에서 종종 나타나는 패턴이기도 하다. 초기의 작품답게 짧은 분량에 유머를 위주로 하고 있지만 그 와중에도 풍자적인 측면을 담고 있다. 비싼 좌석에서 공연을 본다는 주인공 체르뱌꼬프의 행복감이 소설 첫머리를 장식하는데 비해, 소설 말미에 나오는 그의 갑작스럽고도 초라한 죽음은 이것과 극명하게 대비된다. 소설 첫머리에서 체홉이 '그런데 갑자기'의 의미를 설명하며 "삶은 이토록 예기치 못한 일로 가득 차 있으니까"라고 말하는 것은 우리의 인생이 사소한 사건에 의해 얼마나 갑자기 무너질 수 있는지에 대한 체홉의 생각을 표현

해주고 있다.

하지만 체홉은 체르뱌꼬프의 황당한 죽음의 원인을 고위 관리인 참사관 브리좔로프의 권위 의식에만 돌리고 있지는 않다. 브리좔로프 역시 체르뱌꼬프의 집요한 강박 관념의 피해자이기 때문이다. 그는 작품 말미에서 체르뱌꼬프가 자신의 행동을 변호하기 위해 무심코 던진 말, 즉 "저희 같은 자들이 조롱을 하려 든다면, 그건 상대에 대한 존경심이 전혀 없을 때나 가능한…"이라는 말에 자극받아 폭발할 뿐이다. 따라서 독자들이 이 작품에서 당대 러시아 관료 사회의 억압적 위계질서에 대한 고발을 기대했다면 그러한 기대는 충족되지 못하며, 작품의 주제는 체르뱌꼬프라는 하급 관리의 강박적 열등감과 비굴함이 어떤 결과를 초래하는지에 모아진다. 이러한 심리 상태는 실상 체르뱌꼬프와 같은 처지에 있는 사람이라면 누구든 느낄 가능성이 있기에 비단 체르뱌꼬프 혼자만의 문제는 아닐 수 있다. 적절한 자긍심을 가지지 못하는 사람은 언제든 초라한 존재로 전락할 수 있으며 이것은 남을 탓하기에 앞서 자기 자신으로부터 초래된 문제이다. 그것이 우리 삶의 어느 때이든 자신도 의식 못하는 사이에 모습을 드러낼 수 있다는 점을 체홉은 씁쓸한 유머와 풍자를 통해 그리고 있는 것이다.

• **고독한 그리움** (Тоска, 1886)

체홉의 초기 단편들의 창조성은 인간 삶에 내재한 외로움과 비극성을 웃음과 결합시킬 수 있는 능력에서도 나타났는데, 이 작품 역시 이러한 창조성을 담은 작품이다. 주인공 요나는 「어느 관리의 죽음」의 체르뱌꼬프처럼 일정 정도 우스꽝스러운 인물이다. 그러나 그러한 우스꽝스러움은 요나의 인성 자체가 아니라, 아들의 죽음이라는 극단적 사건으로 인해 '선량한 요나'가 '바보 같은 요나'로 위축되어 가는 과정 속에서 파생되고 있다. 이 과정에서 두드러지는 것은 그의 슬픔에 전혀 귀를 기울이지 않는 인물들인데, 이로 인한 고독함을 넘어서기 위해 그가 사람들에게 말을 걸려는 노력이 실패할수록 그는 더욱 외로워지며 하찮은 존재로 전락한다. 이렇듯 극히 초라한 존재로 위축

되어가는 과정에서 요나는 당연히 제대로 된 언어를 구사하지 못하기에, 독자들은 그가 혹시 원래부터 바보였을지도 모른다는 의구심마저 가지게 된다. 자신의 슬픔의 원인을 설명하면서 그저 "이번 주에 내 아들이 죽었답니다."라는 말 한 마디만 반복하는 요나에게 독자들은 안타까움과 함께 그의 한계를 느낀다. 또한 주위 인물들이 그를 천대하는 장면들은 그들의 비정함을 드러내는 한편으로 그의 무기력함도 동시에 드러낸다. 체홉은 요나를 묘사함에 있어 독자들의 동정심을 불러일으키는 것보다는 대체로 관조적인 서술 태도를 취하는데 중점을 두고 있다.

요나의 무기력함이 역설적으로 만회되는 것은 작품 말미에 자신의 말에게 호소하듯 얘기하는 장면에서이다. 이 장면에서 체홉은 고독의 마지막 탈출구로서 사람이 아닌 동물을 등장시켜 호소하는 장면을 그려내는데, 이것은 인간의 실존적 고독이 어느 정도로 처절한 문제인지를 말해주는 장치이다. 이 장면에서 체홉은 그 어떤 장엄한 언어보다 더 직접적인 형상으로 이 문제를 제기한다. "너의 새끼 말이 죽었다면 너는 슬프지 않겠니?"라고 말하는 장면에서 요나는 이 작품에서 처음으로 자신의 슬픔을 다른 누군가와 공유할 수 있었다. 사람이 아닌 그저 말에게만 할 수 있고 대답 또한 듣지 못하기에 요나는 더욱 바보스러워지지만, 이를 통해 그가 얼마나 고독한 존재인지가 더욱 극적으로 드러난다. 체홉은 이 장면에서 요나가 말에게 했을 것이 분명한 이야기의 내용을 생략함으로써 독자들에게 더 이상의 연민과 슬픔을 유도하거나 강요하지 않는다. 그 연민과 슬픔은 오직 독자들이 스스로 느껴야 할 몫인 것이며, 더 이상의 개입은 체홉이 생각했던 현실에 대한 객관적인 글쓰기가 아니었던 것이다. 이 작품을 통해 독자들의 마음속에 '웃음 섞인 슬픔'의 감정이 느껴진다면 그것이야말로 체홉이 생각했던 바람직한 현실 묘사의 적정 지점이었던 것이다.

• **티푸스** (Тиф, 1887)

대략 1887년을 기점으로 그 이후에 발표된 단편들

은 초기와는 다르게 다소 진지한 톤으로 현실적인 삶의 모습을 그리고 있다. 또한 1884년 대학을 졸업하고 정식 의사가 된 체홉은 이 시기부터 작품 속에 질병이나 의학과 관련된 모티프를 자주 사용하기 시작했다. 1887년에 발표된 이 작품에는 이러한 요인들이 하나의 작품 속에 어우러져 나타나고 있다. 초기와는 다르게 이 작품에는 유머러스한 측면은 전혀 존재하지 않으며, 「고독한 그리움」에서와는 달리 당시 하층민들의 비극을 소재로 삼고 있지도 않다.

이 작품은 티푸스에 걸린 중위 클리모프의 의식 세계를 잔인하다고 싶을 정도로 날 것 그대로 보여주고 있다. 의식과 판단력이 흐릿해지는 상황 속에서 그를 지배하는 것은 모든 것에 대한 염증과 혐오감뿐이다. 기차가 잠시 정차한 시간에 플랫폼에서 고기를 먹고 있는 사람들의 모습, 웃음을 주고받는 아가씨와 어떤 군인의 모습마저 그에겐 짜증과 혐오의 대상일 뿐이다. 극히 비이성적이며 말초적인 반응에 빠진 클리모프의 이러한 모습은 질병이 인간의 의식을 얼마나 좁은 세계에 가두는가에 대한 의사로서의 체홉의 관찰

결과가 반영된 것이기도 하다. 몽롱한 의식 속의 사투를 이겨내고 의식을 회복했을 때 그는 삶의 기쁨을 느낀다. 그러나 이때 그가 주위 사람들에게 보이는 첫 번째 반응은 빨리 먹을 것을 달라고 어린아이처럼 떼를 쓰는 모습이다. 앞서 기차 여행 중에서 그가 음식을 먹는 사람들에게 강한 혐오감을 느꼈던 것과 결합시켜 말해본다면, 그는 병을 앓는 전 기간에 걸쳐 말초적이고 동물적인 반응의 차원에서 헤어 나오지 못하고 있는 것이다. 그렇기에 여동생 까쨔의 죽음을 알리는 숙모의 말조차도 잠시의 충격만 줄 뿐 그는 자신이 살아남았다는 동물적 기쁨에 빠져 또다시 먹을 것을 달라고 졸라댄다. 자신의 병이 전염되어 죽은 여동생에 대해 그가 극심한 죄책감과 슬픔을 절감하는 것은 건강이 완전히 회복된 후에서야 가능했다.

더욱이 체홉은 이러한 모든 상황을 거친 후 클리모프의 기쁨이 사라진 곳에 일상의 권태와 상실감이 자리를 잡았다고 표현하고 있다. 이것은 여동생을 잃었다는 상실감과 일상생활의 권태로움이 같은 반열에 있다는 것을 뜻하며, 이를 통해 체홉은 인생의 특점

시점 고통이 삶의 모습이나 인생관을 변화시키지는 못한다는 점을 말하고 있다. 이것이 인간 삶의 어쩔 수 없는 본 모습이기에 그것에 사상이나 이념을 관련시키는 것은 애당초 불가능하며, 작가의 소명은 그러한 삶의 모습을 진지하면서도 객관적으로 묘사하는 것에 두어져야 한다는 체홉의 생각이 여기서 다시 한 번 나타나고 있다. 여동생의 죽음에 대한 클리모프의 죄책감을 의도적으로 강조하는 것보다는 그의 의식의 흐름을 묘사하는 것에 중점을 두는 태도는 이러한 생각에 기반을 둔 것이다.

• **자고 싶다** (Спать хочется, 1888)

열세 살 어린 소녀 바리까는 주인집 뻬치까에 불을 때고 청소를 하며 감자 손질을 하고 손님들을 위한 잔심부름을 하는 것을 비롯해 그 외의 온갖 허드렛일까지 도맡아 해야 하는 하녀이다. 그녀는 이 모든 일로 인해 엄청난 피로감을 느끼지만 그녀를 가장 괴롭히는 것은 주인집의 아기를 재우는 일이다. 다른 건

몰라도 아기를 제대로 재우지 못하면 영락없이 주인 부부에게 얻어맞기 때문이다. 그녀의 소박한 희망은 이 모든 일을 끝내고 잠을 자는 것이지만, 내내 울어대는 아기 때문에 밤이 되어서도 제대로 잠을 잘 수가 없다. 수면 시간 절대 부족으로 인한 피로는 그녀를 하루 종일 비몽사몽의 상태로 몰아넣으며 이로 인해 그녀는 어린 시절의 비참한 추억부터 지금 눈앞에 비치는 등잔불과 그림자들의 떨림까지 모든 것들을 몽롱한 환각인 것 마냥 보게 된다. 그 와중에도 아기를 반드시 재워야만 하는 그녀의 필사적인 자장가 소리는 자신의 목소리뿐만이 아니라 누군가 다른 사람의 목소리를 통해서도 그녀의 귀에 환청으로 들려온다. 이 모든 것들이 잠을 자고 싶다는 절박한 소망으로 모아지는 가운데, 어느 날 밤 기진맥진한 그녀는 자신의 삶을 가장 괴롭게 하는 아기를 반쯤 환각 속에서 질식시켜 죽인 후 편안히 잠이 든다.

체홉은 이 모든 과정에서 바리까의 고통스러운 의식 상태를 적나라하게 그리고 있지만, 절대 약자로서의 바리까의 불쌍함을 배가시키려는 작가로서의 의

도적인 노력은 가능한 자제하고 있다. 그는 마치 정신 병리학자와 같은 태도로 그녀의 정신이 어떠한 혼돈 상태에 있는지를 보여주는 데 주력하고 있다. 이렇듯 작가로서의 시각을 입히는 것을 자제하기에 체홉은 아기 살인에 대해서도 정서적, 윤리적 색채를 배제한 채 담담한 서술만을 하고 있다. 그것이 절대 약자로서의 바리까가 보인 어쩔 수 없는 최후의 자기 보호 행위였는가, 혹은 그럼에도 불구하고 어쨌든 그것은 끔찍한 살인이었는가, 체홉은 이 둘 중에서 어떤 것도 확실히 편들고 있지 않다. 아기 살인 장면을 마치 바리까가 반쯤 환각 속에 저지르는 몽상 속의 행위와 비슷한 느낌으로 처리함으로써 독자들로 하여금 그러한 살인이 실제로 발생하였는지에 대해서 확신을 가지지 못하게 한 점도 이와 관련된다.

이러한 점으로 볼 때 이 작품은 앞서의 「티푸스」와 마찬가지로, 인간 삶의 고통을 그리되 그것으로부터의 탈출구가 무엇인지를 정답으로 제시하려는 의도적인 노력은 하지 않는 작품으로 볼 수 있다. 작가이기 이전에 보통의 한 인간으로서 체홉은 독자들과 마찬가지로 바리까에 대한 무한한 연민을 느꼈을 것이다. 그럼에도 불구하고 그는 인간 삶의 곳곳에서 발생하는 불행을 있는 그대로 그리는 것이 사회 개혁이나 약자에 대한 동정이라는 대의보다 더 앞서는 작가의 기본 소명이라고 생각했던 것이다.

• 내기 (Пари, 1889)

체홉 단편 창작의 중기에 해당하는 작품으로서, '삶의 무상함'이라는 주제가 상당히 명시적으로 표현된 작품이다. 종신형과 사형 중 어느 것이 더 인간적이냐는 논쟁으로부터 이 내기가 발생한다. 15년이라는 인생의 막대한 기간을 내기의 담보물로 내거는 젊은 변호사의 도전적 태도는 자신의 엄청난 부를 바탕으로 의기양양하게 내기에 응하는 은행가의 거만함과 맞물린다.

변호사는 15년이라는 기간을 통해 자발적 감금의 고통으로부터 점차 책을 통한 지식과 지혜의 습득이라는 길로 나아가는데, 이것은 동굴 속에서 면벽 구도 하는 수도승들이 진리의 깨달음에 다가간다는 구조와 흡사하다. 그가 남긴 최후의 편지를 통해 내기의 상대방인 은행가가 자기 삶의 속물성을 깨닫는다는 구조는 자못 감동적이기까지 하다.

하지만 15년 동안 자신이 습득한 지식과 지혜를 무기로 우월적 위치에서 남들에게 교훈을 주려 하면서도 동시에 이제는 그 지혜를 경멸한다고 말한다는 점에서 변호사의 태도는 모순을 내포하고 있다. 자신이 습득한 지혜로 우월적 위치에서 남들을 가르치려 들면서도 이제 그 지혜를 경멸한다고 말하는 것은 은행가의 오만한 태도가 그에게서 겉모습만 바뀌 나타난 양상이다. 계약 종료 불과 다섯 시간 전에 합의조건을 스스로 위반함으로써 200만 루블이라는 거금을 날리는 태도는 세속의 삶에 대한 경멸을 거대한 물질적 이익에 대한 포기로 드러내는 영웅적 행위일 수 있다. 하지만 이를 통해 그의 이후 삶이 어떻게 전개되어 갈지에 대해 독자들은 알 수가 없다. 즉 외적으로 대단히 영웅적으로 그려지는 그의 행위는 세속의 삶에 대한 경멸 이외의 그 어떠한 것도 독자들에게 제시하지 않는다는 것이다. 또한 그의 편지에 감동한 은행가가 하는 행동은 자신이 쓸데없는 구설수에 휘말리는 것을 피하기 위해 그의 편지를 내화금고에 넣고 잠그는 일이다. 이로써 변호사와 은행가의 깨달음은 두 인물 각자에게서만 발생하며 세상을 변모시킬 어떠한 힘도 가지지 못한다는 점에서 씁쓸한 여운을 남긴다.

이 작품은 1889년에 발표되었는데, 이 시기는 체홉이 톨스토이의 영향으로부터 거의 완전히 벗어나던 시기였다. 따라서 이 작품은 일정한 도덕률을 독자들에게 제시하고자 했던 톨스토이의 창작 방법에 대한 대답이자 일종의 반발로 간주될 수 있다. 체홉은 '삶의 무상함'이라는 작품 속 형상을 통해, 인생을 바르게 이끌 수 있는 정답은 그 어떤 절대적 방식에 의해서도 제시될 수 있는 것이 아니라는 점을 표현하고 있는 것이다.

• 롯실트의 바이올린 (Скрипка Ротшильда, 1894)

앞서 언급했듯이, 대략 1893년경부터 그의 작품들

은 유머에 집중하는 초기나 삶의 모습을 있는 그대로 보여주는 중기에서 벗어나 인간의 삶과 관련된 보다 진지한 주제에 천착하는 모습을 띠게 된다. 이 시기의 체홉은 이전과는 다르게 작가로서의 자신의 생각을 작품 내에 직접적으로 간혹 서술함과 동시에 그것을 등장인물들의 입을 통해서도 말하게 하는 방식을 취하고 있다. 물론 이때의 생각이 특정한 사상이나 철학은 아니지만, 이제 인생과 창작의 성숙기에 도달한 그가 언제까지나 현실에 대한 냉정한 관찰자로서의 위치에만 머무는 것은 힘든 일이었던 것이다.

1894년에 발표된 「롯실트의 바이올린」은 이러한 특징이 잘 나타난 작품이다. 관 짜는 일을 생업으로 삼고 있는 야꼬프는 자신이 평생 동안 손해만 보고 살았다며 불평을 일삼는 70대의 노인이다. 자기 고장 노인들은 때맞추어 죽지 않으며 아이들의 관은 이익이 남지 않는다고 투덜대는 그는 자신의 삶을 오로지 경제적 이익과 손해의 차원에서만 생각한다. 그렇기에 그는 아내 마르파 역시도 자신에게 돈을 가져다주지 않는 존재로 생각하며 삶의 부속품쯤으로 취급할 뿐이다.

이러한 그에게 생각의 변화가 찾아오는 것은 아내의 죽음 직후이다. 그 변화가 갑작스럽기에, 현실을 찬찬히 관찰하는 초기와 중기 단편들에 익숙한 독자라면 이것은 상당히 인위적인 구성으로 느껴질 수도 있다. 하지만 이것은 그만큼 이제 체홉이 관찰에 머물기보다는 주제를 표현하는 데도 중점을 두기 시작했다는 점을 말해준다. 이익과 손해의 개념으로만 살아왔던 야꼬프는 아내를 땅에 묻고 나서 갑자기 자신의 지나온 삶을 돌아보기 시작한다. 이 과정에서 그의 머릿속을 맴도는 생각들에는 체홉의 목소리가 강하게 담겨 있다. 또한 체홉은 이 지점에서 '인간은 이러한 상실감과 손실이 생기지 않는 삶을 왜 살 수 없는 것일까?'라고 자신의 생각을 스스로 표현하고 있다. 그럼에도 불구하고 체홉은 이와 관련된 일련의 질문들을 독자들에게 제기할 뿐 자신의 답을 제시하지는 않는다.

여기서 체홉은 「고독한 그리움」에서처럼 예기치 못한 방식으로 자신의 생각을 담담하게 표현한다. 야꼬프는 평소에 자신이 경멸하며 폭행까지 하려 했던 롯실트와 극적으로 화해하며 그에게 자신이 아끼던 바이올린까지 물려준다. 인생의 의미에 대해 체홉이 제기했던 질문들은 다분히 추상적이며 나아가 비관적이기까지 했다. 하지만 무엇인지 스스로도 모르면서 연주한 야꼬프의 곡이 롯실트에게 물려준 바이올린에 실려 많은 사람들에게 감동을 안겨준다는 설정은 삶의 의미가 이념이나 철학에 의해서 결정되는 것은 아니라는 점을 말해주는 체홉적인 구성이다. 체홉은 자신만의 소박한 방식으로 삶의 의미를 전달하고 있는 것이다. 체홉은 작품 속에서 야꼬프와 관련해 '만일 미움과 증오가 없다면 사람들은 서로에게서 엄청난 이득을 얻을 수 있을 텐데'라고 말하고 있는데, 미움이 사라진 롯실트의 바이올린 선율에서 모든 이들에게 정신적 이득을 가져다주는 감동이 생겨난다는 설정은 가히 창조적이며 예술적인 발상이다. 야꼬프는 생전에 자신이 그토록 원했던 이득을 죽고 나서 다른 이들에게 안겨줄 수 있었던 것이다.

• 귀여운 여인 (Душечка, 1899)

1899년 1월에 발표된 「귀여운 여인」은 그야말로 귀여운 느낌이 드는 단편이다. 주인공 올렌까는 말수가 적고 선량하며 자비심이 많은 성격의 인물로서 항상 온화한 시선과 천진난만한 미소로 사람들을 대함으로써 그들을 매료시킨다. 이러한 매력의 한편에는 그녀의 독특한 정신적 특성이 존재한다. 그것은 자신이 애정을 느끼는 대상에게 모든 것을 바치는 열정과 헌신인데, 이것이 그녀의 정신적 에너지를 배가시키면서 또 하나의 매력으로도 작용한다. 그녀의 애정은 극장주인 꾸낀으로부터 목재 관리인 뿌스또발로프로, 그리고 군대 수의사 스미르닌을 거쳐 그의 아들인 싸샤에게까지 이어진다.

여기서의 문제점은 사랑의 대상에 너무 몰입하는 나머지 그들이 말하는 바를 그대로 자신의 의견으로 받아들일 뿐 자신만의 견해를 가지고 싶어 하지 않는다는 점이다. 그들이 사망하거나 그들과 헤어지는 경우 그녀는 스스로 사유할 수 있는 능력을 완전히 상실한다. 생각과 행동의 모델로 삼았던 인물들이 없어지면 그녀는 어떠한 일에 대해서도 자신의 견해를 형성하지 못하는 극히 초라한 존재로 전락하는 것이다. 남녀 간 애정이 아니라 소년 싸샤를 자신의 혈육처럼 여기며 무한한 사랑을 쏟아 붓게 되면서 그녀의 사랑은 한 단계 높은 차원의 모성애로 질적 상승하는 모습을 보인다. 톨스토이는 이 작품을 네 번씩이나 읽었으며 여성이 지닐 수 있는 장점을 대단히 잘 표현한 작품이라고 극찬했다고 알려져 있다. 이것은 올렌까가 사랑의 대상을 이행해가는 과정이 무분별하고 육체적인 남녀 관계로 그려져 있지 않고 최종적으로는 모성애로 상승하는 모습이 아름답게 표현된 점을 칭찬한 것이다.

그럼에도 불구하고 체홉이 이 작품에서 좀 더 중점적으로 표현하고자 했던 것은, 사랑의 대상이 없는 경우 그녀는 자신의 머리로 사유하지 못하는 반쯤 시체나 다름없는 존재로 전락하고 만다는 점이다. 소년 싸샤에 대해서도 그가 하는 말을 앵무새처럼 반복하는 모습은 숭고한 모성애와는 별개로 그녀의 인식 세계가 여전히 좁은 틀에 머물러 있다는 점을 말해준다. 결말 부분에서 한밤중에 대문 두드리는 소리에 온 몸이 싸늘해지는 그녀의 모습은 싸샤와 헤어지는 경우 그녀가 다시 이전의 비참한 존재로 전락할 가능성을 충분히 예견케 한다. 이러한 결말을 제시했다는 것은 올렌까가 자신의 행복을 위해, 나아가 싸샤의 행복을 위해서도 자신만의 사유 체계를 갖추어야 한다는 체홉의 생각을 짐작케 해준다.

올렌까의 문제점은 실상 주위 환경에 대해 자신의 견해를 가지기 주저하거나 게을리 하는 인간 모두의 문제일 수 있다. 이 작품은 분명히 아름답고 서정적이지만, 한편으로는 그 서정성을 사유의 능력이라는 주제와 연결시키고 있다. 작품의 서정적 감동이 삶의 본질에 대한 탐구와 결합되고 있는 것이다.

• 상자 속의 인간 (Человек в футляре, 1898)

이 작품은 뒤에 있는 「구스베리」, 「사랑에 대하여」와 함께 체홉이 1898년에 연달아 발표한 소(小)삼부작의 첫 번째에 해당하는 작품이다. 이 삼부작들에서 체홉은 삶의 본질적 문제점에 대해 심도 있는 관찰을 하고 있는데, 특히 「상자 속의 인간」은 그것이 대단히 특이한 인간형으로 나타난 작품으로서 체홉의 대표작 중 하나로 꼽힌다.

마흔 살이 넘은 중학교 교사 벨리꼬프는 이 고장에서 일어나는 모든 일들을 주시하며 그것이 자신이 생각하는 질서와 상식의 범위 밖으로 벗어날 우려가 조금이라도 있을 경우에는 "아, 무슨 일이 생기지는 말아야 할 텐데!"라고 끊임없이 불안감을 표출하는 사람이다. 사람들은 이러한 그의 태도를 비웃으면서도 한편으로는 그의 눈길을 의식해 자신들의 생각과 행동의 자유를 스스로 구속한다. 외출할 때면 날씨에 관계없이 언제나 방수용 고무 덧신을 신고 우산을 소지하며 따뜻한 외투까지 챙겨 입는 그의 모습은 타인뿐 아니라 자신의 행동 역시 좁은 틀 안에 가두려는 강박 관념의 표현이다. 체홉은 자신의 창작 노트에서 벨리꼬프에 대해 "그는 상자 속의 인간이다. 그의 모든 것은 상자 속에 존재한다."라고 적은 바 있다.

이러한 점에서 볼 때, 벨리꼬프는 인간이 어떠한 한계 속에 갇힐 수 있는지가 나타난 「롯실트의 바이올린」이나 「귀여운 여인」의 주제가 좀 더 극단적인 인간형으로 표현된 모습이라고 할 수 있다. 때문에 독자들은 그의 모습에서 코믹함을 넘어 기괴한 느낌까지 받게 된다. 「어느 관리의 죽음」에서 체르뱌꼬프의 죽음이 관등에 대한 그의 강박적 열등의식이 자초한 것이라면, 이 작품에서의 벨리꼬프는 자신의 상자 속 세계에 대해 강박적 집착을 넘어 과도한 자부심까지 가진다. 따라서 그는 그것이 상처받는 일련의 사건으로 인해 죽음에까지 이르렀던 것이다.

어찌 보면 너무 극단적이라고 할 수도 있는 인간형을 체홉이 형상화한 것은 이러한 인간형이 당대 러시아에서 드물지 않으며 향후 더 생겨날 수도 있다는 생각에 기인한 것이었다. 벨리꼬프가 죽은 후에도 그가 생전에 쳐 놓은 생각과 행동의 제약이라는 그물망에서 벗어나지 못하는 사람들의 모습에 대해 "바로 그런게 인간 삶의 문제이지요."라고 거듭 말하는 이반 이바늬치의 촌평은 이점과 관련이 있다. 나아가 이반 이바늬치는 “하지만 우리가 답답하고 북적거리는 도시에서 살며 쓸데없는 서류를 작성하고 카드놀이를 하는 것, 이런 것도 상자가 아닐까요?”라고 말하고 있는데, 이는 벨리꼬프와 같은 상자 속 삶의 모습이 비단 러시아뿐만이 아니라 인간 보편의 문제일 수 있다는 체홉의 생각을 표현한 것이다. 창작 후기에 들어와 인간 삶의 본질적 문제점에 대해 탐구를 이어나간 체홉은 이렇듯 ‘자신의 한계에 완전히 갇혀 버린’ 한 인간의 비극을 통해 바람직한 삶의 모습은 어떻게 되어야 하는가에 대한 진지한 문제의식을 보여주고 있다.

• **구스베리** (Крыжовник, 1898)

이 작품은 소(小)삼부작 시리즈에서 두 번째에 해당하는 것으로서 전작인 「상자 속의 인간」과 마찬가지로 자신의 세계 속에 침잠한 한 인간의 이야기를 그리고 있다. 이야기의 주인공인 니꼴라이 이바늬치는 젊은 시절 재무 관리국에서 일하며 지루하게 반복되는 일상에 염증을 느낀 사람이었는데, 그때부터 마음 한편으로는 시골 마을에 농장을 가꾸어 살고 싶다는 꿈을 키워 나간다. 구스베리는 그가 꿈꾼 농장의 모습 속에서 항상 빠지지 않는 것으로서, 그가 그리는 밝은 미래의 상징이었다. 그는 자신의 꿈을 실현하기 위해 스스로 극단적인 내핍 생활을 택하며 돈을 노리고 결혼한 부유한 과부를 거의 굶겨 죽이다시피 한다. 그렇게 모은 돈으로 마흔이 넘은 나이에 거대한 농장 영지를 구입한 그는 어릴 적까지 소(小)귀족이었던 자신의 신분을 과시하기라도 하듯 지역 사회와 자신의 농민들에게 오만한 태도를 보인다.

이야기를 전달하는 화자는 그의 형인 이반 이바늬치로서 전작인 「상자 속의 인간」에서 체홉의 메시지를 잠시 대변했던 인물이기도 하다. 동생의 영지를 방문한 그의 눈에 띈 것은 자신의 삶에 무한만족을 느끼고 있는 동생의 모습이다. 동생은 첫 수확한 구스베리 열매에 눈물까지 글썽거리며 탐욕스럽게 먹는데, 이반 이바늬치는 이렇듯 자신의 세계 속에 틀어박혀 행복감을 느끼는 동생의 모습에 혐오감을 느낀다. 그는 이러한 거부감을 세상 모든 인간들의 삶의 모습으로도 확대시켜 이유를 자세히 설명한다. 그는 자신의 세계 속에서 자신만의 행복감을 느끼고 살면서 이웃의 고통에 귀 기울이지 않는 이들로 인해 세상에는 자유와 발전이 없다고 강하게 비판한다. 또한 그는 이미 늙어서 무기력해진 자신 역시 이러한 볼품없는 무리와 다를 바 없다고 스스로 비판하며 안타까워한다.

체홉은 이 작품에서 이반 이바느치치의 입을 통해 전작들에 비해 한 단계 더 강하게 비판의식을 드러냈다. 그것이 니꼴라이라는 하나의 인물뿐만이 아니라 세상 전체로도 향해졌기에, 이반 이바느치치의 분노를 통해 나타나는 체홉의 생각은 흡사 설교자의 말과 같은 느낌으로도 비친다. 한편으로, 당시 건강악화로 인해 자신이 죽음을 향해 서서히 발걸음을 딛고 있다는 사실을 자각하고 있던 체홉에게 이반 이바느치치의 자기비판은 점차 무기력해지던 자기 자신에게로 향한 채찍질이기도 했다. 여느 때와 마찬가지로 체홉은 독자들에게 어떤 결론을 제시하지 않은 채 우울하게 작품을 끝맺고 있지만, 세상에 대한 비판을 자신에 대한 비판과도 연결시키고 있다는 점은 그가 작가로서의 책무의식을 강하게 느꼈다는 점을 말해준다.

• 사랑에 대하여 (О любви, 1898)

이 작품 이전에도 체홉이 사랑을 소재로 하여 작품을 쓴 적은 종종 있었지만, 이 작품에서만큼 사랑이 이루어지는 과정과 헤어지는 과정까지를 섬세한 필치로 표현한 적은 없었다. 소(小)삼부작의 전편인 「구스베리」에서 후덕한 중년 지주로서의 모습을 보였던 알료힌은 이 작품 사랑 이야기의 주인공으로 등장한다. 그는 고등 교육을 받았음에도 불구하고 아버지가 남긴 빚을 갚기 위해 열정적으로 시골 농장 일에 뛰어든 지주이다.

농장의 아름답고 자상한 하녀 뻴라게야가 어째서 추한 외모에 흉포한 성격인 요리사 니까노르를 좋아하는지와 관련해 그는 들려주는 자신의 젊은 시절 사랑 이야기는 시사하는 바가 크다. 명예 치안 판사 업무를 수행하다가 우연히 알게 된 루가노비치의 아내 안나 알렉세예브나는 우아하고 지적인 태도와 미모로 그를 매혹시킨다. 안나 알렉세예브나 역시 그에게 매력을 느끼며 형성된 둘 간의 사랑은 플라토닉한 것이었지만 세월이 갈수록 진지하게 그 깊이를 더해간다. 하지만 이미 유부녀인 그녀와 미혼남인 알료힌 간의 사랑은 서로가 입 밖에 내지 못하는 조심스러운 사랑이기도 했기에 양자에게 모두 고통스러울 수밖에 없었다. 이를 이겨내지 못한 안나 알렉세예브나는 자신의 무미건조한 가정생활에 대한 짜증과 함께 결국 신경쇠약 증세에까지 빠진다. 그녀가 요양 차 먼 지방으로 떠나 영원한 작별을 해야 하는 기차간에서 둘은 결국 자제력을 잃고 사랑을 고백한다.

이 아름답고도 괴로운 사건을 통해 알료힌이 깨달은 것은, "사랑을 할 때는 세상에서 흔히 말하는 행복이나 불행, 선이나 악보다 더 중요하고도 더 차원 높은 것에 토대를 두고 판단을 해야 하며, 그러지 않을 바에는 아예 판단하지 말아야 한다."는 것이었다. 알료힌이 이러한 사랑 이야기를 해준 것은, 뻴라게야와 니까노르의 관계에서 보이는 것처럼 모든 사랑은 그 양상이 각각 다르게 나타날 수 있기에 사랑에 일률적인 판단 기준을 적용하는 것은 불가능하다는 점을 말하기 위한 것이었다.

체홉이 이렇듯 불륜의 경계에서 고통스러워했던 아름답고도 비극적인 사랑 이야기를 그린 것은 개별적인 삶의 주요 영역인 남녀 간 사랑에 있어서도 인간은 자신이 스스로 설정한 한계 내에서 고통 받을 수 있다는 점을 강조하기 위한 선택이었다. 비록 윤리적 측면에서 권장될 수 있는 사랑은 아니지만, 앞선 작품들에서 그랬던 것처럼, 삶을 스스로 불행하게 만드는 인간의 한계를 말하기 위해 체홉은 이러한 소재 또한 주저하지 않고 택했던 것이다. 이전 두 작품에 등장했던 부르낀과 이반 이바늬치에게 알료힌이 이야기를 들려주는 형식을 취함으로써 소(小)삼부작은 '한계에 갇힌 인간의 삶'이라는 주제를 완성하고 있다. 또한 체홉은 이전 두 작품에서 다소 무거운 서술 방식을 취했던 점을 이 작품의 서정적 필치로 보완해 냄으로써 삼부작의 완성도 또한 높이는 데 성공하고 있다.

<안똔 빠블로비치 체홉>

Антон Павлович Чехов. (1860.1.29.~1904.7.15.*)

1860년 • 1월 29일(당시의 달력으로는 1월 17일. 이하 편의상 현재의 달력 기준으로 표기함) 러시아 남서부 아조프 해 연안의 작은 항구 도시 따간로그에서 아버지 빠벨 예고로비치 체홉(Павел Егорович Чехов)과 어머니 예브게니야 야꼬블레브나 모로조바(Евгения Яковлевна Морозова) 사이의 5남 1녀 중 3남으로 태어남 (체홉의 위로는 형 둘, 아래로는 남동생 둘과 여동생 하나가 있음). 친할아버지 예고르 미하일로비치는 원래 농노였으나 근면한 노동으로 재산을 축적해 1841년에 자신과 가족의 몸값을 치르고 자유인 신분이 되었음. 아버지 빠벨 예고로비치는 1857년에 식료품상을 연 후에 아들들은 모두 가게 일을 돕게 함. 신앙심이 깊었으며 동시에 매우 전제적인이었던 아버지는 자식들이 새벽 다섯 시부터 시행되는 교회의 성가 연습에 참석하고 그 다음에는 학교를 다녀온 후 생계유지를 위해 가게 일을 하고 이에 더해 각자가 수공업 기술을 익히게 하는 등 가혹한 태도를 보임. 어머니는 자상한 성품에 남편과 자식들에게 헌신적인 여성이었으며 연극에도 큰 관심을 가진 사람이었기에 이후 자식들의 성격 형성에 큰 영향을 미침.

* 연월일은 현재의 달력 기준으로 표기하였으며, 작품들은 공식 발표 일자를 기준으로 함

1867년 • 아버지의 주장으로 그리스 정교회 계열 부속학교에 입학하여 2년 동안 다님.

1869년 • 그리스 정교회 학교에 만족하지 못한 어머니의 주장으로 따간로그의 김나지야(Гимназия - 8년제로 교육하던 당시의 일반 중고등학교 과정)에 입학함.(수학과 그리스어 과목 성적 부진으로 인해 중간에 두 번의 유급을 겪은 후 10년 만인 1879년에 김나지야를 졸업)

• 이후 성서 교리 교사 표도르 뽀끄롭스끼로부터 뿌쉬낀, 세익스피어, 괴테 등의 문학에 관한 수업을 들으면서 러시아 뿐 아니라 서양 고전 문학에 관심을 가지게 됨. 또한 그의 문학적 재능을 알아본 뽀끄롭스끼로부터 〈체혼쩨(Чехонте)〉라는 필명을 선사받음.

1873년 • 따간로그의 극장에서 쟈크 오펜바흐의 「아름다운 옐레나(Прекрасная Еклена)」를 봄으로써 생애 처음으로 연극을 관람함. 이때부터 연극에 대한 강렬한 매력을 느끼면서 틈틈이 연극을 관람하기 시작함. 이때의 감흥을 회상하며 체홉은 "연극 관람만큼 큰 기쁨은 그 이전에는 전혀 없었다."라고 후일인 1898년에 술회함.

1875년 • 큰 형과 둘째 형이 진학을 위해 모스크바로 떠남.

1876년 • 5월. 아버지의 파산으로 인해 따간로그의 땅과 집, 가게까지 처분한 후에도 빚에 쫓긴 아버지가 먼저 모스크바로 피신함. 몇 달 후 어머니와 남은 가족도 모스크바로 감. 체홉 가족은 이후 3년여 동안 모스크바의 빈민가를 옮겨 다니며 극심한 생활고에 시달림.

• 체홉만이 따간로그에 남아 생계유지를 위해 가정교사 일을 하며 학업을 계속함. 가게 일과 강요된 교회 생활로부터 놓여남으로써 학업과 문학작품 독서, 습작을 더 잘 할 수

있는 계기도 됨. 가정교사 일로 번 돈의 일부는 모스크바의 가족에게도 부침.

1877년 • 처음으로 모스크바를 방문하여 가족과 짧은 시간 재회함.
• 교내 잡지 ≪말더듬이(Заика)≫를 발행하고 「닭이 우는 데는 이유가 있었다(Недаром курица пела)」등의 보드빌 연극 수편을 습작으로 씀.

1878년 • 최초의 희곡 작품 「아버지가 없는 삶(Безотцовщина)」을 씀(사망 19년 후인 1923년에 발견되어 발간됨).

1879년 • 6월에 김나지야를 졸업하고 9월에 모스크바 대학 의학부에 입학.
• 진지하게 학업에 임하는 한편으로 자신과 가족의 생계유지를 위해 이 해 말부터 소규모 잡지에 보낼 생각으로 유머 단편, 촌평 등을 쓰기 시작함.

1880년 • 3월 21일. 뻬쩨르부르그 유머 주간지 ≪잠자리(Стрекоза)≫ 제 10호에 단편소설 「박식한 이웃 사람에게 보내는 편지(Письмо к учёному соседу)」와 「장편 소설, 중편 소설 등등에서 가장 자주 보게 되는 것은 무엇인가?(Что чаще всего встречается в романах, повестях и т. п.?)」가 게재되어 작가로서의 공식 경력이 시작됨. 같은 해 동일 잡지에 8편을 더 발표함.
• 이때부터 대략 1887년경까지 ≪잠자리(Стрекоза)≫, ≪자명종(Будильник)≫, ≪관객들(Зрители)≫, ≪모스크바(Москва)≫, ≪동반자(Спутник)≫ 등등의 여러 잡지에 많은 수의 유머 단편과 풍자적 성격의 소규모 칼럼들을 게재함. 이 기간 동안 '안또샤', '안또샤 체혼쩨', '비장이 없는 인간', '환자 없는 의사', '내 형의 동생' 등등의 수십 가지 필명을 사용함.

1882년 • 빼쩨르부르그의 유머 주간지 ≪파편들(Осколки)≫의 편집장이자 발행인 니꼴라이 레이낀과 알게 되어 이때부터 1887년경까지 대략 270여 편 정도의 대단히 많은 작품들을 이 잡지에 발표.

1883년 • 모스크바 근교 치키노 병원에서 임상 실습을 하고 6월에 돌아옴.
• 단편 「어느 관리의 죽음(Смерть чиновника)」, 「알비온의 딸(Дочь Альбиона)」, 「뚱뚱이와 홀쭉이(Толстый и тонкий)」 등등 100여 편을 발표.

1884년 • 6월. 모스크바 대학 의학부를 졸업하고 인근 치키노 병원과 즈베니고로드 병원에서 얼마간 근무함.
• 9월. 자신의 집에서 개업함.
• 여섯 편의 단편을 묶은 최초의 단편집 「멜뽀메나의 이야기들(Сказки Мельпомена)」이 ≪파편들≫의 협조를 통해 발간됨.
• 단막극 「큰 길에서(На большой дороге)」, 단편 「카멜레온(Хамелеон)」, 「앨범(Альбом)」 등등 70여 편을 발표.
• 12월. 각혈을 동반한 최초의 폐결핵 증상이 나타남.

1885년 • 처음으로 빼쩨르부르그를 방문하여 당시 러시아에서 큰 영향력을 발휘하던 보수적 신문 ≪신시대(Новое время)≫의 발행인 알렉세이 수보린(Алексей Суворин)과 만나 교류함. 문단의 원로 드미뜨리 그리고로비치(Дмитрий Григорович)와도 만남.
• 「비애(Горе)」, 「생생한 연대기(Живая хронология)」, 「여자의 행복(Женское счастье)」 등등 100여 편의 단편을 발표.

1886년 • 1월. 단편집 「다채로운 이야기들(Пёстрые рассказы)」

발간. 단편 「고독한 그리움(Тоска)」 발표.

- 2월. '안똔 체홉'이라는 본명을 처음으로 사용하여 단편 「진혼곡(Панихида)」을 비롯한 5편을 ≪신시대≫에 발표함.
- 3월. 그리고로비치로부터 재능에 대한 칭찬과 동시에 좀 더 중량감 있는 작품을 쓰라고 권고하는 편지를 받음. 그리고로비치는 이 편지에서 '나는 당신에게 몇 개의 뛰어난, 진실로 예술적인 작품들을 써야 할 소명이 부여되어 있다고 확신하오…. 당신이 받은 인상들을 단숨에 쓰는 작품이 아니라 좀 더 심사숙고하고 잘 가다듬어진 작품을 쓰기 위해 아끼시오.'라고 충고했다. 그리고로비치 뿐만이 아니라 쁠레셰예프 등도 같은 충고를 함에 따라 체홉 역시 단편 기고수를 점차 줄여갔으며, 단편들을 쓰더라도 길이가 늘어나고 내용 또한 진지해지는 경향을 보이기 시작하였음.
- 4월. 각혈을 동반한 예전보다 더 심한 폐결핵 증세가 나타남.

1887년

- 4월. 러시아 남부 지방을 거쳐 고향 따간로그로 여행.
- 8~9월. 단편집 「황혼녘에(В сумерках)」와 「순결한 이야기들(Невинные речи)」 발간.
- 12월. 4막 희곡 「이바노프(Иванов)」를 10월부터 집필하여 완결한 후 모스크바의 꼬르쉬 극장에서 초연하였으나 성공을 거두지 못함.
- 단편 「베로치까(Верочка)」, 「행복(Счастье)」, 「티푸스(Тифус)」, 「입맞춤(Поцелуй)」등을 발표.

1888년

- 3월. 전년도 따간로그로의 여행에서 받은 인상을 「초원(Степь)」이라는 제목의 중편으로 ≪북방 통보(Северный вестник)≫지에 발표하여 문단의 주목을 받음. 이 잡지에 같은 해 연달아 중편 「등불(Огни)」, 단편 「명명일(Именины)」을 발표.
- 10월. 단막극 「곰(Медведь)」이 모스크바 꼬르쉬 극장에서 공연되어 호평을 받음.

• 10월. 단편집 「황혼녘에」로 러시아 학술원에서 뿌쉬낀 상을 수여받음.
• 단편 「자고 싶다(Спать хочется)」, 「미녀들(Красавицы)」, 단막극 「청혼(Предложение)」등을 발표.

1889년
• 2월. 개작한 「이바노프」를 뻬쩨르부르그의 알렉산드린스끼 극장에서 공연하여 성공을 거둠.
• 4월. 단막극 「청혼」이 뻬쩨르부르그에서 공연되어 성공을 거둠.
• 6월. 둘째 형 니꼴라이가 폐결핵으로 사망함. 형의 죽음 후 우울함을 달래기 위해 7~8월에 오데사와 얄타를 여행함.
• 12월. 4막 희곡 「숲의 정령(Леший)」이 모스크바에서 공연되었으나 혹평을 받음(체홉은 이 작품의 구성을 손보아 8년 후인 1897년에 「바냐 아저씨(Дядя Ваня)」라는 이름으로 공연하여 성공을 거둠)
• 중편 「지루한 이야기(Скучная история)」, 단편 「내기(Пари)」, 「결혼식(Свадьба)」등을 발표.

1890년
• 유형지인 사할린 섬 죄수들과 지역 주민들의 삶을 알아보기 위해 시베리아 횡단 여행 준비를 함.
• 4월. 기차를 타고 모스크바를 출발하여 야로슬라블, 까잔, 뻬름, 튜멘까지 감. 그 후 말을 타고 태평양 연안에 도착한 다음에 7월 23일에 배로 사할린에 들어감. 이후 3개월 동안 사할린 섬을 돌아다니며 유형수들과 지역민들의 삶의 실태를 자세히 관찰 기록함.
• 10월 25일. 배로 사할린을 출발하여 블라디보스톡, 일본, 홍콩, 싱가폴, 인도양, 수에즈운하, 오데사를 경유하여 12월 27일 모스크바에 귀환.
• 4월. 단편 「도적들(Воры)」, 12월. 단편 「구세프(Гусев)」 발표.

1891년

- 3월 말~5월 초. 최초의 유럽 여행. 수보린과 함께 유럽 남부의 비엔나, 베니스, 피렌체, 로마, 나폴리, 폼페이, 니스, 몬테카를로, 파리를 여행함.
- 니제고로드 현과 보로네쥐 현에 흉년으로 인한 대기근이 발생하자 구호 활동을 펼침.
- 단편 「아낙네들(Бабы)」, 중편 「결투(Дуэль)」, 단막극 「기념일(Юбилей)」 발표.

1892년

- 1월. 니제고로드 현과 보로네쥐 현 기근 구호품 모금을 독려하며 직접 그곳들을 다녀옴.
- 2월. 모스크바 남쪽의 쎄르뿌호프 군에 속한 멜리호보 마을에 영지를 구입함. 시골에서의 삶을 통해 좀 더 안정적인 창작을 하고 싶었던 꿈을 실현함.
- 3월. 아버지, 어머니, 여동생 마리야와 함께 멜리호보로 이주함. 아버지는 예전의 전제적인 태도를 버리고 아들의 말에 복종하며 집 정원을 가꾸는 일을 맡음.
- 이후 1898년 얄타로 이주하기 전까지 체홉은 자신의 영지뿐만이 아니라 멜리호보 마을 전체와 근처 마을들까지 살기 좋은 곳으로 꾸미기 위해 왕성한 활동을 함. 인근 툴라현에 콜레라가 창궐하자 25개 마을을 돌아다니며 치료활동을 하였으며, 멜리호보에는 이 외의 각종 질병으로 인해 신음하는 환자들을 위해 자신의 돈으로 치료소를 개설하기도 함. 농민 자녀들을 위해 세 곳에 학교를 개설하였고 도로 건설, 대규모 묘목 심기 등에도 정력적으로 참여함.
- 한편으로는 고향인 따간로그에 공공 도서관을 건립해 주고자, 자신이 소장하고 있던 서적 2천권 이상을 그곳에 희사했으며 이후로도 자신의 비용으로 수시로 많은 서적들을 보내줌.
- 체홉이 멜리호보에 거주하고 있던 기간 동안 문화예술계의 많은 친우들이 그들 방문했으며 그 중 한 사람인 이삭 레비딴은 멜리호보의 정경을 화폭에 담은 수작들을 그리기

도 했다. 체홉 자신 역시 멜리호보에만 틀어박히지 않고 모스크바와 뻬쩨르부르그를 종종 방문해 문인, 예술가들과 교류함.
• 단편 「유형지에서(В ссылке)」, 단편 「잠시도 가만히 있지 못하는 여자(Попрыгунья)」, 중편 「6호 병실(Палата No.6)」 발표.

1893년 • 10월. 1890년 사할린 섬 방문 시의 기록을 토대로 한 여행기 「사할린 섬(Остров Сахалин)」을 완성하여 ≪러시아 사상(Русская мысль)≫ 지에 게재하기 시작. 이듬해 7월까지 연재함. 문단과 독자들의 큰 반향을 일으킴.

1894년 • 3월. 건강이 악화되어 요양 차 크림 반도로 갔으며 고향인 따간로그와 얄타에도 머묾.
• 7월. 두 번째 유럽여행에 나섬. 비엔나, 베니스, 밀라노, 제노바, 니스, 파리를 거쳐 10월에 멜리호보로 귀환.
• 단편 「롯실트의 바이올린(Скрипка Ротшильда)」, 「대학생(Студент)」, 「문학 교사(Учитель словесности)」, 중편 「검은 수도사(Чёрный монах)」 발표.

1895년 • 6월. 「사할린 섬」이 단행본으로 발간됨.
• 8월. 톨스토이를 만나러 그의 영지인 야스나야 뽈랴나로 찾아감. 오래 전부터 기다려왔던 체홉과의 만남을 무척 기뻐한 톨스토이는 그에게 자신의 장편소설 『부활』의 한 챕터를 낭독해 줌. 이때 체홉은 이미 톨스토이의 영향에서 멀어져 있었으나 둘의 관계는 계속 우호적으로 유지되었고 이후에도 자주 만남을 가짐.
• 12월. 소설 작가 이반 부닌과 교류를 시작함.
• 중편 「3년(Три года)」, 단편 「목 위의 안나(Анна на шее)」, 「아리아드나(Ариадна)」 발표.

1896년

- 2월. 야스나야 뽈랴나에서 톨스토이를 다시 만남.
- 4월. 1895년부터 쓰기 시작한 4막 희곡 「갈매기(Чайка)」를 완성함. ≪러시아 사상≫ 1896년 12호에 실림.
- 10월 29일. 「갈매기」의 첫 공연이 뻬쩨르부르그의 알렉산드린스끼 극장에서 열림. 관객들의 냉담한 반응으로 인해 체홉이 대단히 낙담함.
- 단편 「다락방이 있는 집(Дом с мезонином)」 발표.
- 1889년의 실패작 「숲의 정령」을 개작한 4막 희곡 「바냐 아저씨」 완성. 다음 해인 1897년에 수보린의 협조를 얻어 자신의 희곡 모음집인 ≪희곡들≫을 발간할 때 거기에 이 작품을 실음.

1897년

- 멜리호보 마을이 속한 바비끼노 읍의 인구 조사에 적극 협조해 준 공로로 동메달을 수여받음.
- 3월. 모스크바로 수보린을 방문하던 기간에 심한 각혈로 병원에 입원함. 톨스토이가 문병 옴. 건강을 위해 얄타로 이주할 것을 의사가 권고함.
- 9월. 요양을 위해 세 번째 유럽 여행을 떠남. 파리, 비아리츠, 니스를 거쳐 이듬해 5월에 돌아 옴.
- 중편 「농부들(Мужики)」, 단편 「짐마차에서(На подводе)」 발표.

1898년

- 1~2월. 파리와 니스에 머물던 중 접한 드레퓌스 사건의 재심과 관련된 에밀 졸라의 역할에 감명을 받았으나, 이에 대해 ≪신시대≫ 지가 드레퓌스를 공격하는 입장을 취하자 격분한 체홉이 수보린에게 반박 편지를 쓰면서 양자가 몇 통의 편지를 주고받음. 이로 인해 양자 관계가 악화됨.
- 7~8월. 소(小)삼부작이라 불리는 세 개의 단편 「상자 속의 인간(Человек в футляре)」, 「구스베리(Крыжовник)」, 「사랑에 대하여(О любви)」를 ≪러시아 사상≫의 1898년 7월호와 8월호에 연속 발표.

- 9월. 「갈매기」의 공연 리허설에서 모스크바 예술 극장 소속 여배우 올가 크니페르와 처음 알게 됨. 그녀의 연기력에 감탄함.
- 9월. 의사의 권고에 따라 건강을 위해 멜리호보를 떠나 얄타로 이주하기로 결정함. 일단 혼자 그곳으로 떠나 토지를 구매하고 집을 짓는 일을 시작함(1899년 봄까지 이곳에서 거주하다가 멜리호보로 몇 달간 돌아감).
- 10월. 모스크바의 가족으로부터 아버지 빠벨 예고로비치 사망 소식을 전해 들음.
- 12월 29일. 모스크바 예술 극장에서 스따니슬랍스끼와 네미로비치-단첸꼬의 공동 연출로 「갈매기」가 새로운 방식으로 공연되어 대단한 성공을 거둠.
- 단편 「이오늬치(Ионыч)」 발표.
- 막심 고리끼와의 편지 교환을 통해 교류가 시작됨.

1899년

- 1월. 전년도 12월에 완성한 단편 「귀여운 여인(Душечка)」을 모스크바의 ≪가족(Семья)≫지 1월호에 게재. 톨스토이가 대단히 호평함.
- 4월. 체홉과 톨스토이가 모스크바에서 상호 방문.
- 4~5월. 모스크바와 멜리호보에서 체홉과 크니페르가 상호 방문.
- 6월. 멜리호보의 영지가 팔려서 어머니, 여동생과 함께 얄타로 완전히 이주.
- 11월 8일. 「바냐 아저씨」가 모스크바 예술 극장에서 공연됨(1897~1898년에는 몇몇 지방 극단에서 공연된 바 있음).
- 얄타 근교 마을에 학교를 건립하는 일과 폐결핵 환자들 치료를 위한 병원 건립에 재정 지원을 함.
- 6월. 민중 계몽에 이비지한 공로로 성(聖) 스따니슬라프 3급 훈장을 수여받음.
- 단편 「공무로 인하여(По делам службы)」, 「개를 데리고 다니는 여인(Дама с собачкой)」 발표.

1900년

- 1월. 러시아 학술원의 명예 회원으로 선출됨.
- 4월. 건강이 급격히 악화됨. 모스크바 예술 극장 단원들이 문병 차 얄타의 체홉 집으로 찾아와 「바냐 아저씨」를 공연해 줌.
- 7월. 크니페르가 얄타로 체홉을 문병 옴.
- 12월. 네 번째 유럽 여행을 떠남. 비엔나, 니스, 피사, 로마를 거쳐 1901년 2월에 얄타로 귀환.
- 중편 「골짜기에서(В овраге)」, 단편 「크리스마스 주간에(На святках)」 발표.
- 4막 희곡 「세 자매(Три сётры)」를 쓰기 시작하여 1901년 2월에 ≪러시아 사상≫ 1901년 2호에 게재함.

1901년

- 2월 13일. 모스크바 예술 극장에서 「세 자매」가 초연됨.
- 6월 7일. 올가 크니페르와 결혼식을 올림.
- 건강이 지속적으로 악화되어 갔기에 기침에 잘 듣는다는 마유주를 섭취하러 아내와 함께 우파 현을 다녀 옴.
- 얄타 근처 가스쁘라에 머물고 있던 톨스토이를 자주 방문함. 얄타에 살고 있던 고리끼, 꾸쁘린, 부닌 등이 얄타로 체홉을 문병오기도 함.

1902년

- 4월. 단편 「주교(Архиерей)」 발표.
- 7~8월. 모스크바 근교 류비모프까에 있는 스따니슬랍스끼의 영지에서 요양함. 그곳에서 최후의 4막 희곡 「벚꽃 동산(Вишнёвый сад)」을 구상하고 집필 시작. 1903년에 완성.
- 8월. 고리끼가 학술원에서 제명된 것에 반발하여 자신의 학술원 명예 회원직을 반납함.
- 10월. 최후의 단편 「약혼녀(Невеста)」를 쓰기 시작함. 1903년 9월에 완성하여 12월에 발표.
- 계속되는 건강 악화. 복막염과 폐기종이 합병증으로 발생. 끊임없이 반복되는 기침과 각혈.

1903년

- 6월. 모스크바 근교 나라 강 유역에서 요양함.
- 10월. 「벚꽃 동산」 완성.
- 12월. 「벚꽃 동산」 리허설을 지켜보기 위해 모스크바로 감.

1904년

- 1월 30일. 모스크바 예술 극장에서 「벚꽃 동산」이 초연되어 큰 성공을 거둠. 체홉은 끊임없는 기침과 각혈로 기력이 쇠잔한 상태에서도 참석하였으며, 그 무대에서 관객들로부터 작가 활동 25주년 축하를 받음.
- 2월. 얄타의 집으로 돌아옴.
- 5월. 「벚꽃 동산」 출간.
- 6월 16일. 아내와 함께 독일의 바덴바일러로 요양 차 떠남.
- 7월 15일. 바덴바일러의 한 호텔에서 새벽 세 시 무렵 사망.
- 7월 22일. 모스크바의 노보제비치 수도원 묘지에 묻힘.